一夜の戯れと思っていたら、
隣国の騎士団長に甘く孕まされました

プロローグ

北方の山岳地帯にあるローゼンブルグ王国。地母神コルドゥーラを祀《まつ》る神殿により、指名制で選ばれた女王が代々治めてきた女系国家だ。女王は十代から二十代前半の未婚女性より選出され、四十代になると交代する定年制で、これまで代々行ってきた。

この国の人々は皆地母神コルドゥーラの末裔《まつえい》と言われており、特に女性は女神の加護を持って生まれて来るという。彼女らを娶《めと》ると女神の加護の恩恵を得られるなどとまことしやかに語り継がれてきた。

そのせいか、大昔にはローゼンブルグを欲しがる近隣諸国から幾度も戦争を仕掛けられた。だがその相手国の王族が急死したり、未曾有《みぞう》の災害が国を襲ったりなど、相次いで不幸が訪れたため、「地母神コルドゥーラの天罰が下ったのだ」と恐れ慄いたものだ。

一時は男性の入国を制限し、子供に男児が生まれれば他国へ養子に出すなど男性排除の政策を行っていたせいで、過去には人口がそれまでの五割を切るなどの大問題が起こったという歴史もあった。

女性だけですべてを賄《まかな》おうなどというのは無理があるのだから仕方ない。それでは人口が増えないのだ。

そういった風習が撤廃されて、男性の移民や労働者、旅行者なども歓迎するようになってからは、周辺諸国の男性陣から「麗《うるわ》しの国」と呼ばれるようになっている。

健康体の男性というだけでこの国では希少であるため、ローゼンブルグの女性陣に比較的好かれるのだが、最初のうちこそ遊び目的の旅行で訪れた男性がそのうち移住してローゼンブルグ女性と結婚する、もしくはローゼンブルグの女性を娶《めと》って自分の国に連れて行くケースも増えているらしい。

一時の関係を永遠のものとしたくてたまらなくなるほどに、ローゼンブルグの女性は各国の男性を魅了してやまない不思議な魅力があるのだ。

――女神の魅力には敵わない。

ローゼンブルグの女性に魅入られた他国の男性らは、彼女らをそう称して白旗を上げざるを得ないのであった。

ロミ・リフキンド侯爵はローゼンブルグの女性騎士であった。

大陸の北方、厳しい山岳地帯にあり古くから女王が統治し、この地で信仰されている地母神コルドゥーラの末裔たちが暮らす女系国家ローゼンブルグ王国で、女王の最側近である薔薇騎士隊と呼ばれる近衛騎士であり、二十一歳という若さで今年から隊長に任じられていた。

騎士家系で元・薔薇騎士隊長であるノエミ・リフキンド前侯爵の一人娘で、最近爵位を譲られて、現在はリフキンド侯爵の地位についている。

緑の大きな目に非常に整った顔立ち、赤みがかった明るい色の長い髪を後ろで高く結び、薔薇騎士隊の隊服もすっかり板についてきた今日この頃である。

子供の頃などは女騎士の娘にしては病弱で性格もおとなしく、体の大きな男性を怖がってすぐ泣くような儚《はかな》げな少女だった。

「騎士の家の子が怖いと泣いていてどうします。男が怖いのなら男より強くなればいいのです。そもそもローゼンブルグの女は強くなければなりません。それがこの地に生まれた者の務めですよ」

母ノエミにそう言われ、ありとあらゆる体術や剣術を叩き込まれて、今ではそんな幼少期などなかったかのように自信がついてあまり臆さない性格に育ったのである。

——私は強くなる。母上のようにこの国のみんなを守る強い騎士になるんだ。

そう悟ったロミは薔薇騎士隊に入隊するとめきめきと頭角を現し、ついに歴代最年少で薔薇騎士隊長となったのであった。

引退した前隊長だった母ノエミの後を継いだ形だが、親の七光りと揶揄されても屈さず、隊長選任試験で心技体ともに満場一致で皆を認めさせたほどの、実力の持ち主であった。

壮年でありながらも絶世の美を誇るローゼンブルグ王国の冷徹な女王ハリエット・マレリオナ・

ローゼンブルグ一世は、薔薇騎士隊長をこのような若者に任せられるのかと最初は訝《いぶか》しんでいた。しかしロミの正義感が強く真面目で明るい性格にすぐに心を許した。

齢三十九歳の女王ハリエットはもともと聖職者希望の女性だ。コルドゥーラ神殿の指名により十八歳で女王となったのだが、もともと幼少から聖職者としての修行をしていたせいか自分にも他人にも氷のごとく厳しい。だがその厳しさには愛情があり、女王は騎士や貴族らに留まらず、国民にも大変尊敬されている。

ローゼンブルグ女王は四十代になれば代替わりして、神殿の指名により新たな女王が誕生する。ハリエット女王はもうそろそろ引退時期を迎える。彼女の若い頃からの要望から、おそらく引退後は神殿で聖職者としての道を選ぶことになるそうだ。

そのためか、女王はあまり護衛任務に就く薔薇騎士たちに危険なことはするなと口酸っぱく言うことが多かった。

「私を守るためとはいえ、危険なことはしないでいただきたいわ。次世代の女王陛下にボロボロな薔薇騎士隊を譲るわけにはまいりませんもの」

などと冷淡に言い放ってはよく薔薇騎士隊員を苦笑させている。自分の娘ぐらいの年齢の騎士たちを母のような目線で心配しているのだ。

――これが世に言うツンデレというやつなのだろうか？

そんなことをロミは薔薇騎士隊の部下たちと話したことがある。皆同じように思っていたらしく、ひとしきり笑いを交えて同意しながら、それでも自分たちの大切な女王陛下に忠誠を捧げ、守り続けると誓い合った思い出が蘇る。

そんな男性との出会いもほぼなかったこれまでの人生で、まさに「心を奪われる」「焦がれる」——つまり「恋」を知ることがあるなんて、ロミはこれまで想像したこともなかった。

男神もかくやという、絵画や彫刻のような美貌と肉体を持つ、隣国の一人の男性との出会いがまさにそれだったのである。

第一章　一期一会の情熱

初夏のとある日のこと、休日を利用してロミはリフレッシュ旅行と称して隣国のイーグルトン帝国の帝都アルタイルを訪れていた。

イーグルトン帝国は、第十二代皇帝ナサニエル一世が治める、ローゼンブルグの友好国である。

時のイーグルトン帝国皇帝、ナサニエル・アンタレス・イーグルトン一世は今年五十五歳になる偉丈夫で、十年前に流行り病で他界した皇后との間に儲けた息子が三人いる。

第一皇子マクシミリアン二十三歳。第二皇子マリエル十三歳。第三皇子レオニード十一歳。子供は男児ばかりのこの三人で、まだ立太子はしていない。だが、皇太子の有力候補は第一皇子マクシミリアンと言われていた。

この度、ナサニエル帝の在位三十周年記念式典が行われることとなり、友好国であるローゼンブルグの女王ハリエットも招待されていた。女王の護衛として薔薇騎士隊も供をすることになっている。

ロミのリフレッシュ休暇の行き先として、どうせなら下見をしようと旅行先をこの国にしたのだった。

ロミは貴族女性だが騎士でもあるので、食事以外の身の回りの世話は自分でする。だから、使用人もつけない気ままな一人旅だ。

宿を取って旅装束から動きやすい服装に改めると、宿の主人に元気に挨拶をして観光に出かけた。

「ん～～～気持ちいいなあ」

宿を出て青天の日差しを浴びながら伸びをすると、観光マップを頭に描きながら旅行前から目星をつけていた美術館へと歩き出す。

無骨なイメージの騎士という職業だが、実は以前より芸術に興味があり、イーグルトンの帝都美術館に一度行ってみたかったのだ。

目的地に着くとすぐにパンフレットを購入し、ワクワクしながら会場を回った。

絵画や彫刻を様々な角度から鑑賞し、脇の紹介文を読み、また改めて数歩離れて鑑賞する。その熱心な鑑賞ぶりによほどの芸術好きかと思ったらしく、美術館の学芸員が話しかけてきたので、しばしその作品の超絶技巧などを教えてもらった。

中でも筋骨逞しい引き締まった裸の上半身を惜しげもなく晒して、手に槍を掲げ、軍馬を駆る雄々しい戦神の彫刻は、息を飲むほどの美しさを感じて何度も眺め倒してしまった。

結果、夕方の閉館まで堪能し、ロミはほくほく顔で美術館を出た。

商店街に戻ってくると、かぐわしい香りが鼻をくすぐり空腹を知らせてくる。

そのうちの一軒「酔いどれエルフ亭」にたどり着いたのは午後六時を指した頃だ。

虫を鳴かす腹具合と店から漂ってくる肉料理の匂いに我慢できず、ロミは店の中に入った。

ガヤガヤと騒がしくも盛況な店内に入ると、恰幅の良い女将《おかみ》が大ジョッキの麦酒《ビール》を豪快に両手に三個ずつ運びながら、ロミを見つけて声をかけてくれた。

「あら、いらっしゃい別嬪《べっぴん》さん！」

ローゼンブルグでは滅多にこんなこと言われない。こうして別嬪《べっぴん》さんなんて呼ばれるとちょっと嬉しかったりもする。

「御一人様カウンターにどうぞ〜！」

まずは麦酒《ビール》を注文し、メニュー表と壁に貼られているお勧めメニューを見ながら酒のつまみを決める。

——別嬪《べっぴん》さん、なんて言われてしまったのでたくさん食べていかないと。

野菜サラダとサイコロステーキを注文して、それをつまみに麦酒《ビール》を飲む。料理の美味しさに酒が進んであっという間にジョッキが空になる。まだ飲み足りないので先ほど別嬪《べっぴん》さんと言ってくれた女将に追加注文をした。

「いい飲みっぷりだな、姉ちゃん」

カウンターにどかっと肘を突いた男に話しかけられた。無精髭《ぶしょうひげ》を生やした大柄な男だった。とりあえず話しかけられたには返事をしなければ失礼にあたると思ったロミは、ジョッキを持ち上げてニカッと笑った。

「はい！　お酒もお料理も大変美味しいです」

「ここらじゃ見ねえ顔だな。観光客かい」

「はい！　ローゼンブルグから参りました」

「へえ。あの麗《うるわ》しの国。どうりでいい女だと思ったぜ」

「あ、ははは……。いい女などと、とんでもありません。でも、ありがとうございます。しかしそれを言うならこの国の芸術こそ素晴らしいです！　実は今日は美術館で芸術を堪能して参りましたが、さすがは芸術の都イーグルトン帝国ですね。特にあの戦神の彫刻における超絶技巧が素晴らしくて、その余韻を肴《さかな》にお酒が飲めてしまいます」

「そ、そうか。良かったな」

どう見ても芸術には縁のなさそうな厳《いか》つい男にそんな話を力説してしまい、男は若干引いている。

——やってしまった。興奮して一方的に捲《まく》し立てるなんて、会話を楽しむ場で浮いているじゃないか。

男性と接したことなどほとんどないので、こういう場で相手の興味を誘うような話題が何も出てこない。

しかし男は気を取り直したのか、やや強引にロミに身を寄せてきた。酒臭い息を吐きながら熱に浮かされたかのような声でロミに話しかける。

「昼間は楽しんだようだが、これから暇なら俺と遊ばねえか？」

「いえ、誘っていただいて恐縮なのですが、遊ぶにはもう遅い時間ですし、食事を終えたら宿に戻ろうと思います」

誘いを馬鹿正直に断るロミ。男は一瞬眉根を寄せたのち、今度はロミの肩をグイッと抱き寄せた。

「そう言うなって。な?」

「な、何をなさるんですか!」

「そうカリカリすんなよ。戦神が好きなんだろう? 要は俺みたいながっちりした体型の男が好きってことだよなあ」

舌なめずりをする男の言葉に一瞬呆けたロミだったが、ようやく自分の置かれた立場に気付いた。

——こ、これは、世にいうナンパというやつではないか?

彼が言う「遊び」の誘いはいわゆる夜の誘い。つまり今ロミはこの厳《いか》つい男に身体を求められているということになる。

——いやいやいや、そういうつもりは全くない。ここは丁重にお断りしなければ。

「あの、すみません。貴方は戦神ではないですし、私の好みではありませんので、申し訳ありませんがお断りさせていただきたい」

穏便に断るつもりがついはっきりと言ってしまった。

しかも二人の様子を見ていたらしい他の客たちから、フラれた男に対してクスクス笑う声が聞こえてきた。

酒が入って気が大きくなっているらしいその男は、みるみる怒りで真っ赤になった。

「このアマっ……恥かかせやがって！」

「うっ！」

胸ぐらをつかまれて男が平手を振り上げた。殴られると思った瞬間、背後でパンパンと手を叩く音と、クスクスと笑い声がした。そちらを見ると、一人の若い男が壁に寄りかかりながら手を叩いてこちらを見ていた。

見事な金髪に夜空のような瑠璃色の瞳をした、稀《まれ》に見る美形の男。その美貌にして大柄体型に服の上からでも分かる筋肉で覆われた、戦うために鍛えられた鋼のような肉体を持った、まさに美術館で見た戦神の彫刻そっくりな男だった。

胸元が大きくはだけた生成《きな》りのシャツに暗い茶系のトラウザーズと革のブーツという姿に、カラフルな腰帯と、その上に道具入れの付いた革ベルト、使い込まれた長剣を帯びている。

ラフな格好であるのに気品と妙な色気を感じさせる絶世の美貌を持つ美青年で、ロミは思わず目を奪われてしまった。ナンパ男のほうも毒気を抜かれて固まっている。

「いいねえお嬢さん。嫌なもんは嫌ってはっきり言える女ってのは好ましい。最近のイーグルトン男ははっきり言わないとわからない残念な頭の野郎が多いからな」

「……」

その金髪の男はロミが先ほど馬鹿正直に断ったことに感心しているらしい。若干笑われているのは否めないが、どうやらナンパ男の味方ではないらしい。

「な、何だ、てめえは！」

「何だ、はこっちのセリフだ。女相手に手ぇ上げる野郎なんて男じゃねえ。その手をとっとと放し、なっ！」

金髪の男が一瞬でロミの胸ぐらを掴んでいた男の手を手刀で振りほどいた。

「うぐっ！」

その衝撃に男はよろけてカウンターにぶつかった。手刀の一撃を受けて痺れた手をさすりながら恨めし気に金髪男を見る。

金髪男はすぐさまロミを庇《かば》うようにその男との間を遮った。

「てめえ……！」

「どうした、もっと恥をかきたいのか？　きっぱりフラれたんだ、男なら潔《いさぎよ》く諦めな。それともこの場で俺にのされて衛兵に突き出されたいか？」

「いいぞ、いいぞ」

「未練がましくみっともねえフラれ男なんか、ぶっ飛ばしちまえ、なあ兄ちゃん」

男同士の睨み合いが続く中、金髪男に味方したらしい他の酔客も面白がって囃《はや》し立て始めてしまった。

困り顔をしているのは店員のほうだ。先ほどの女将も店の中で乱闘でもされたらと心配しているのがありありとわかる。

いたたまれなくなったロミは、申し訳ないとは思ったけれど食べかけ飲みかけの食器をそのままに、代金に色をつけた金貨を置いて席を立つ。

「おやめください。もういいです！　原因の私がいなくなればいいことですよね！」

もっともらしいことを言っているが、ロミは少々後ろめたかった。

衛兵が来て根掘り葉掘り聞かれたら、ローゼンブルグの薔薇騎士隊長がイーグルトンで問題を起こしたと言われるかもしれない。こっちは被害者のつもりだけれど、女王陛下がこれを知ったら何と言うか……。卑怯かもしれないがとりあえずここは逃げようと考えてしまった。

「あっ……ちょ、おい」

ロミが金髪男の横を通り過ぎて店の出入り口に向かう際、彼が声をかけたがロミは振り返らなかった。ロミの背後で先ほどのナンパ男が激高《げっこう》して金髪男に掴みかかったような怒号と物音が聞こえてきたけれど、ロミは振り返らずに店を出て足早に宿へと歩き出した。

ふと見ると、あのナンパ男に捕まれたシャツの胸の辺りのボタンが取れかかっている。

——やはりいくら騎士として鍛えても、男性の力にはなかなか勝てない。女騎士は力ではなく技量を磨けと、見習い騎士時代に教官が言っていたっけ。

強くならなければと騎士の修業をして、成人してようやく強くなったと思っていたのに、まだ修業が足りないのかもしれないと自己嫌悪する。

それに、あの金髪の男性に助けてもらったというのに、お礼の一言もないまま出てきてしまった。歩き出して途中でふと考えて立ち止まる。店の人にも店内で迷惑をかけたことを謝っていない。一応詫びの気持ちを込めて金貨を置いてきたけれど、でもいたたまれなくて突発的に出て来てしまったため、今更戻れるわけがない。

隣国で問題を起こして素直に謝ることもできないなど、何が一人前の騎士だ。何が最年少薔薇騎士隊長だ。肩書だけ立派で、人間として未熟な自分が恥ずかしくなってしまった。

昼間あれだけ趣味を堪能して、幸せな気分になっていたのに、そこから一転して最悪な気分、最悪な旅行となってしまったと、ロミは大きくため息を吐いた。

「おーい、そこのアンタ！　ちょっと待ってくれ」

と、ロミが一人で落ち込んでいたところに、背後から聞き覚えのある声で呼びかけられて、思わず振り向いた。手を振りながらこちらに駆けてくるその姿は、先ほどの美貌の金髪男だった。

ロミはギョッとして思わず後退《あとずさ》ったが、先ほどの後悔が逃げたい自分を押しとどめる。

金髪男はロミの目の前で立ち止まると、ふう、と大きく息を吐いてから顔を上げた。

「ああ、良かった。すぐ近くにいてくれて」

「は、はあ」

「悪かった。絡まれてるから助けたつもりだったんだが、余計な世話だったみたいだよな」

「えっ」

「その腰の剣。あんたどっかの女性剣士かなんかだろう？　自分で何とかできるみたいだったのに、俺が介入したせいでややこしくなっちまって……申し訳なかった」

男がガバッと頭を下げたので、ロミは慌てて弁解する。

「や、やめてください。こちらこそ、せっかく助けて頂いたのにお礼もしないで……すみません。本当は事態収拾まであの場にいなきゃいけないでしょうに、いたたまれなくてつい飛び出してしまいました」

「あー、まあ、気持ちはわかる」

「あの後どうなりました？」

「ああ、心配すんな。少々痛めつけたら逃げて行ったから。あの店じゃ日常なんだ」

「そうでしたか……」

——彼は一体どんなことしたのかな。そうだ、言い訳ばかり並べていないでお礼を言わないと。

ロミはその男に深々と頭を下げた。

「先ほどは助けていただき、ありがとうございました」

——あとで先ほどの「酔いどれエルフ亭」にも謝りにいこう。

そう考え、先ほど残してきてしまったせっかくの料理と酒を思い出して非常に残念な気持ちになる。騎士という職業柄、ロミは結構な量を食べるのだが、先ほど食べた量では実は全然足りていなかった。

そのため、頭を下げて男性に礼を言った瞬間にぐ〜〜〜っと腹の虫が悲鳴を上げてしまったのである。

腹の音と一緒に礼を言ってしまったため、恥ずかしくて顔を上げられない。

ブフッと吹き出す声が頭上から聞こえてきた。

――いやもう旅の恥はかき捨て。どうでも好きなように笑っていいよ……！

そんなやけくそな気持ちで真っ赤になりながら思い切って顔を上げると、男性はさも可笑しそうに口元に手をあてて笑っている。

――男神の微笑み！　その美貌で！　弾けるような笑顔で！　これはまずい。こんな神々しいものを目の前で見てしまうなんて、私は明日死ぬのだろうか。私の腹の音が男神の笑顔を引き出してしまったのか。

男性の絶世の美貌に完全に心をズキュンと射抜かれてそんなことを思ってしまうロミは、自他ともに認める面食いであった。先ほどナンパしてきた男の顔などもうどこに目と鼻と口があったのかさえ忘れている。

「まずは飯だな」

男性はひとしきり笑ったあと、ロミの目の前に手を出した。

「お詫びと言っちゃなんだが、向こうになかなか旨い物を出す屋台があるんだ。良かったら一緒に行かないか？　奢ってやるよ」

「は、はあ。ありがとうございます」

「俺はジュリアンだ。アンタは？」

「ロミと申します」

「固いな。敬語やめねえ？」

「は、はあ。じゃあ、あの……私はロミ。よろしくジュリアン」

「ああ。よろしくな、ロミ」

差し出された手を思わず掴んでしまうほど、ロミはこのジュリアンという男の美貌に圧倒されていた。


「よう、ジュリ坊。今日は珍しいタイプの別嬪《べっぴん》を連れてんじゃねえか」

ロミはジュリアンに食べ物屋の屋台が立ち並ぶ場所に連れて来られ、そこでジュリアンは数々の屋台の店主らしき人から声を掛けられていた。

ジュリ坊、なんて呼ばれているところからして、きっと彼らとジュリアンは昔からの知り合いなのだろう。

「大将、彼女の前でジュリ坊はやめてくれ。もう子供じゃねえんだ」

「うーるせえよ。鼻たれ小僧の頃から知ってる俺からしたら、ジュリ坊で十分だろが。彼女の前でやめてくれだぁ？　一丁前に色気付きやがってこの」

店主の言葉に周りで立ち飲みをしていた酔客たちが爆笑した。この客らもジュリアンと知り合いのようだった。

また、ジュリアンの姿を見かけて、酔客らの酌をしていた女性が悩まし気に話しかけてくる。身なりから娼婦のような女性だ。

「あら、ジュリアン。すっかりご無沙汰じゃなぁい？　うちの店の子たちが寂しがっているわよ」

「悪いな。今日は女連れなんだ。邪魔するなよ？」

「へえ？　せいぜいフラれないように媚びでも売ることね」

「おい、不吉なこと言うなよ」

「あはは。フラれたら慰めてあげるわあ。頑張ってね～」

娼婦の冗談に酔客らも何がそんなに可笑しいのか爆笑していた。苦笑しながら反論するでもない感じのジュリアンは、こうして屋台の店主や酔客にからかわれても特段気分を害したわけではなさそうだった。彼にとってはこの雰囲気こそが日常なのだ。

——何だか素敵だな。彼は市井の皆にこんなに人気があるんだ。

これだけ市井の民たちに慕われているとは、このジュリアンという男はそれほど有名な人物なのだろうか。さすがにローゼンブルグにはイーグルトンの傭兵の話まで流れてこないので、ロミはこれほどの人物がいるなんてと驚きを隠せなかった。

ロミが感心していると、ジュリアンが店主たちのからかいに軽く悪態をついたあとにロミに話しかけてきた。

「ロミ、嫌いな物はあるか？」

「えっ？　あ、ううん。私は好き嫌いなく何でも食べるよ。大丈夫」

「そうか、じゃあそこのテーブルで少し待ってろ」

ジュリアンはそう言って屋台のほうへ買い出しに行ったので、ロミは広場の奥にある立ち飲み用の簡易テーブルで彼を待つことにした。

高台のある広場からは、帝都アルタイルを一望できる絶景が広がっている。

イーグルトン宮殿を中心に放射状に広がる城下の夜景は、魔石照明が一般家庭にも普及している裕福な国を象徴しており、とても優雅で美しい。ローゼンブルグの城下町と比べたら、こちらはとても都会的な感じがする。

あの光の一つひとつにイーグルトン国民の営みがあるのだと思うと、なんだかとても感慨深い気がした。

その絶景に見惚れていると、ジュリアンに後ろから声をかけられた。

振り返ると彼は片手に何種類かの料理を乗せたトレイを持ち、もう片手に逆さまにした木製のゴブレット二つとその脇にワインの瓶を挟んでいた。器用である。

ロミが夜景を見ている間に後ろでやっている屋台を回って買い付けてきてくれたらしい。

この高台には夜景を見ながら立ち飲みできる簡易テーブルがいくつも置かれているようで、ジュリアンはロミが席を取っていたそこにそれらを置いた。立って食事も騎士ならよくあることなので、ロミは特に何も思わない。

――逆に座ったらこの美しい夜景が見えなくなってしまうものね。この絶景ももちろん酒の肴だ。

トレイの上には、タレのかかったあつあつの串焼き肉、きのこのオイル煮、揚げた芋、薄切りの燻製肉を挟んだ固めの黒パン、ピクルスが乗っていた。

どれもボリュームたっぷりで、見た瞬間に生唾を飲み込んでしまう。素晴らしいチョイスだ。

「すごい。美味しそう」

「こっちもどうだ」

ジュリアンがゴブレットに赤ワインを注いでいく。そのうちの一つをロミの目の前に置き、自分も一つ手に持って軽く掲げた。ロミもそれに倣いゴブレットを掲げて乾杯する。木製なので器を合わせたところでポコッという音しか出ないのが味わい深くてまたいい。

赤ワインは熟成の浅いもののようだが渋さは少なくて酸味があるので、このいかにもこってりしたジャンクな屋台料理にまた合う。

「うん、美味しい！　屋台の食べ物がここまで美味しいとは驚いたな」

「だろ？　こっちも旨いぜ」

「んー、本当だね。やっぱりイーグルトンは南方の国だから素材が豊富で美味しいのかもしれない。羨ましいなあ」

「ん？　そういうアンタはどこから来たんだ？」

「私は、ローゼンブルグだよ」

「おお、あの女神に愛された『麗しの国』ってやつか。美女ばかりって噂は、まんざら間違いじゃないらしいな」

ロミを眺めやりながらゴブレットを傾けてそんなことを言うジュリアン。美女と称されてロミは嬉しいやら恥ずかしいやらで、頬が熱くなるのを、ゴブレットを傾けるふりをしてなんとか隠して話を振った。

「……ふふふ。そういえば」

「何だよ」

「君はジュリ坊なんて呼ばれているんだね」

「あ〜、クソッ。そこ聞き流してくれよ。この年でジュリ坊はないだろ。あの人ら、子ども扱いひどいんだよ。俺はもう二十五だぜ？」

「あはは。でもああいった世代の方には私たちなんてまだまだ子供だよね。私ももう二十一歳だけど未だに母からは『ロミちゃん』ってちゃん付けだもの」

「まあ、そりゃそうだけどさあ……あ、それよりほら、こっちも旨いぜ」

——何だろうな、このむず痒さ。

ローゼンブルグにも一応男性はいるけれど、彼らと接触がない女だらけの生活をしていたせいか、ここでこんな美しい男性と食事をしている自分が信じられない。

でも居心地が悪いかといえば、そうでもない。むしろ心地良いくらいだ。

先ほどの店での諍《いさか》いとあのナンパ男に対しての嫌な気分が今ではすっかり晴れてしまった。これが面食い効果ってやつなのだろうか。

何だか食も酒もついつい進んでしまう。気が付けば結構盛りの良かったトレイの上はすっかり空の皿だけになってしまった。

「腹は満たされたか？」

「ああ、おかげさまで。そういえば先ほどの店、私が原因で迷惑をかけたのに、何も言わずにお金だけ置いて出てきてしまったから、申し訳ないと思ってるんだ。何かお詫びしないと」

「気にすんな。酒場なんてみんなあんな感じだ。あの店は俺の行きつけだから、あとで俺からよろしく言っといてやるよ」

「何から何まで申し訳ない」

「いや、俺が余計な手出ししたもんだからややこしくなっただけだって」

「そんなことはないよ。助けてもらったのは事実だし、私が原因なのも——」

「いや俺が」

「いや私が」

「……」

「……」

「ぷっ……」

「はは、あはははっ」

何が面白いわけでもない、ただ二人して答えの出ないことで謝り合っているのが、何だかとても笑えてしまう。

ひとしきり笑ったあと、痛み分けと言うことでと拳《こぶし》同士を合わせてから、瓶に残ったワインを継ぎ足して二人でまた乾杯した。

それからは他愛もない話ばかりして、ただ笑い合う。それが非常に楽しかった。

からかい話に苦笑し、はあーっとため息をつきながらゴブレットを傾けるジュリアンの、その仕草の悩ましいこと。

そんな風に思ってついじっと見つめていると、その視線に気が付いたらしいジュリアンにふわりと微笑まれてしまった。若干赤面しているように見えるのは光の加減か、それとも酒のせいか。図らずもロミが熱い視線を送ってしまっていたことに対しての羞恥心なのか。

でもそのやや桃色に染まった頬が美貌をさらに引き立てている。

——ああ、なんて綺麗な人なのだろうか。この人は、本当に人間？　男神の間違いでは？

「……何だよ。俺の顔に何かついているか？」

「ううん。君は本当に美しいなと思って」

「あー、良く言われるけど、それは男に対する誉め言葉じゃなくないか」

「そうなのかなあ。今日美術館に行ってきたのだけれど、そこにあった戦神の彫刻が素晴らしくてね。そして先ほど君に会ったとき、その戦神の化身が現れたかと思ったんだ」

「ふうん……。なあ……それって、俺のこと口説いてる？」

「へっ？　え、えええっ？　あっ……えーっと、いや、本当に心から美しいものは美しいと思っただけで。あの、き、気に障ったら申し訳ない……」

――何を言っているんだろう私は。酔っているんだ、きっとそう。アルコールのせいで顔がほんわか熱いし、何だか心臓もドキドキする。

男性と接したことはほとんどないのに、初対面の男性を美しいと褒めたたえて、これじゃあ本当に口説いているみたいだ。

気が付けば、テーブルに肘を突いたジュリアンが覗き込むように見つめている。その瑠璃色の瞳にとろんとした自分の情けない赤い顔が映っているのが恥ずかしい。でも視線を絡め取られて逸らせなかった。

「……俺のこと知りたい？」

否定されることなど全くないと自信に溢れ、それでいて蠱惑《こわく》的な微笑みで見つめられたら抵抗などできるはずもなく、手を重ねられていたことにも気付かないまま、ロミは頷こうとして……

「おい。さっきはよくもやってくれたな。俺を追い出しておいて、いいご身分じゃねえか」

不意に背後から声をかけられた。そちらを見ると、先ほどのナンパ男が立っていた。彼の後ろには同じように剣呑《けんのん》な顔をした男たちが数人いる。

ジュリアンは彼らを横目で一瞥《いちべつ》したあと、面倒くさそうにそちらに向き直る。

「……懲りない奴だな。お友達連れて仕返しにきたのか？」

「てめえこそ俺が目ぇつけた女とよろしくやってんじゃねえよ」

「そりゃまあ、俺のほうがいい男だからな。いい女にはいい男が横に並ばないと、だろ？」

「はっ。じゃあ二目と見られないような顔に整形してやる。……おい、てめえら！」

男の掛け声でその仲間がロミとジュリアンを取り囲んだ。ジュリアンはそれらを横目で面白くもなさげに一瞥《いちべつ》する。

ジュリアンも一応剣を帯びているとはいえ、このならず者たちもそれぞれ角材やら何やら物騒な物を持っている。

数に物を言わせて取り囲むなど、卑怯にもほどがあると、ロミはふつふつと怒りが湧いてきた。少々個人的な怒りもあった。彼らはロミのモヤモヤする気持ちの原因でもあるし、先ほどまでのジュリアンとのなかなか甘美な雰囲気をぶち壊され、怒りが湧いてきたのである。

ちょっとそれは多勢に無勢で卑怯ではないのか、とロミが「ちょっと」と言いかけた次の瞬間、ジュリアンに身体をグイッと引き寄せられてしまった。

突然のことで咄嗟に抵抗もできず、気が付けば男たちに見せつけるかのように、ジュリアンはロミを胸板に押し付ける感じで抱き寄せてきた。

「……えっ？　ええええええっ？」

――一体何をされてるんだろう。何で抱き寄せられているの？

そんなロミの混乱をよそに、ジュリアンは片腕でロミを抱いたまま、もう片方の掌を上に向けてクイクイッと男たちを煽った。

「悔しければ、力づくで取り返してみせな。言っとくが、俺は強いぜ？」

煽られて逆上した男は、怒号とともにジュリアンに飛び掛かってきた。

「クソがぁっ！　ふざけんなああああっ！」

向かってくる男に対し、ジュリアンはロミを抱いたまま、長い脚を振り上げて思い切り蹴って押し戻した。

予備動作もない咄嗟の動きだったというのに、向こうから突進してくる勢いもあってか、蹴りで押し戻したとは思えないほど吹っ飛んでいく男。一度地面にバウンドしてからゴロゴロと転がり、向こうにある屋台ギリギリで止まった。

「おいジュリ坊！　こっちに飛ばすんじゃねえ」

「悪い、大将。ってかジュリ坊っていうな」

屋台の主人がジュリアンに対して怒鳴り散らすし、それに対してジュリアンも軽く返している。

「次はどいつだ？」

いきなり体格の大きい男を蹴り倒したというのに、息も乱れていないジュリアン。しかも片腕にロミの腰を抱いたまま。

体格差のある相手には、力ではなく技が必要不可欠だ。

ただの町人風情じゃないのは数時間前の店でのやりとりでわかっていたけれど、この体さばき、このジュリアンという男はかなり腕に覚えのある傭兵なのかもしれない。

だがこの態勢はいくら何でも戦うには不向きなのではないだろうか。女を腕に抱き寄せたまま戦うなんて。

「ジュリアン、離して。私も腕に覚えはある。戦うよ」

「ん～？　そりゃ勇ましいけどな、こういう時はおとなしく守られとけ。な？」

「でも、こんな、態勢じゃ……っ」

「嫌？」

「い、嫌とかじゃなくて……」

こんなに密着していたら、戦う前にこちらの心臓が持たない。男性とこんなに密着することなんて組手ですらしたことがないというのに。

気が付けば屋台の場所にいた酔客たちがこちらを見て口笛を吹きながら囃し立てている。さっきの酒場でもそうだったが、酔客たちにとっては乱闘騒ぎなど完全に見世物なのだろう。

二人のやり取りが、アハハウフフこいつう、みたいに乳繰り合っているように見えたらしい男たちが、焦れに焦れて再び怒声を上げて襲い掛かってきた。

ジュリアンは角材を持った男の腕に蹴りを入れて取り落とさせ、そのまま男の鳩尾に蹴りをもう一発放った。男は唾液を吐き出しながらずるずると膝をついた。その後も華麗な足技で男たちを吹っ飛ばしていった。

ジュリアンのその体さばきは、男たちのような無頼な型ではなく、しっかり訓練された型であったため、ロミは目を見張る。片腕にロミを抱えたまま咄嗟に動けるなんて本当に器用な男だ。

「取った！　死ねえええっ！」

と、背後から鉄の棒を振りかぶって襲い掛かってきた男がいた。前方に目を向けていたジュリアンは反応が一瞬遅れたけれど、彼の片腕に抱かれていたロミのほうが早く気付いた。

危ない、そう言うより早く体が動いていた。

ロミはジュリアンの腕を解《ほど》いて、後ろの男に回し蹴りを放って武器を弾き飛ばし、追い打ちでもう一発蹴りを放ってから、ジュリアンの背後に着地する。

男は地面に倒れ、持っていた鉄の棒がカラカラと転がっていった。

「やるな！」

「感心してる場合じゃないよ！　今危なかったんだからね！」

思わず説教をしてしまった。とはいえ、何だか胸に熱いものがこみ上げてくる感じがする。結構な量のワインを二人で酌み交わしたはずなのに、戦いの興奮は酔いを上回るのかもしれない。

ロミに蹴り飛ばされた男が、たたらを踏んで近くの酔客のテーブルに突っ込んでしまった。テーブルの上の酒肴を台無しにされた酔客は、酒の勢いも合わせてその男に殴りかかる。

「おいてめえ！　俺の酒をどうしてくれる！」

「う、うるせえ！　そんなところで呑気に飲み食いしてるのが悪いんだろ！」

反論したが最後、男は酔客に殴りかかられた。ゴロツキどもの振る舞いに苛ついていたらしい他の酔客も参戦し、取っ組み合いの喧嘩が始まってしまった。

「てめえら、さっきから聞いていればろくでもねえな！」

「ジュリ坊に喧嘩売るなんざ、てめえらよそ者だな！」

「大体なあ、人の恋路を邪魔する奴は馬に蹴られて死んじまえってんだよ！」

「俺らのジュリ坊の大事な恋路を邪魔すんじゃねえぞ！」

安全な場所に避難した娼婦たちも金切声で捲《まく》し立てる。

「そもそもあんたらみたいなろくでなし、女だって願い下げよ」

「そうよそうよ。顔も生き方も不細工な男って、金積まれたってごめんだわ」

ここらの酔客は皆ジュリアンの知り合いなのか、理不尽な因縁をつけて大人数でジュリアン一人に絡んでくるゴロツキどもに業を煮やしていたらしい。

「おとなしく飲み食いできねえやつは、一発かましてやるぞ！」

そのうち屋台の店主たちまで乱闘に加わってしまった。

もうこの状態ではゴロツキたちはジュリアンに絡むどころではない。

しかし、その状態で大乱闘となってしまったあと、けたたましい警笛の音にその張り詰めた空気が変わった。

「貴様ら、何をしている！」

「往来で立ち回りをやらかしているのはここか！」

屋台の店員や客などが呼んだのだろう、王都の衛兵隊がやってきた。一同に怒鳴りつけるように尋問を始める衛兵隊を見て、やらかしてしまったことを改めて悟った。

旅先で問題を起こすのを恐れていたくせに、結局はこうなってしまった。するとロミの手を取ったジュリアンがニカッと笑った。

「ジュリアン？」

「逃げよう」

「え？」

「いいから。逃げるが勝ちってこともある」

「え？　えっと、ちょ、ちょっと……わあっ」

ロミの腕を取って肩を抱き寄せるようにして、ジュリアンは駆け出した。訳も分からないまま一緒に逃げ出すロミ。

騎士として実直に生きてきて、後ろめたいことなどしたことのないロミだが、乱闘騒ぎに参加していたくせに衛兵の尋問から逃げ出すことになるなど思いもしなかった。

先ほどの店で衛兵が来ないうちに逃げ出したことよりも背徳的な気がした。

——こんな悪いことしをしたら、女神様から天罰が下るのではないだろうか？

そんなことを考えていると、頭上からジュリアンの笑い声が聞こえてきた。

「はっ……はははははっ！」

「な、何で笑って……」

「これでロミも共犯な！　くくっ、はははははっ！」

「共犯って……あ、あははははは、もう、君ってやつは！」

美形の満面の笑みと爆笑に、つられて笑ってしまうロミだが、戦闘の興奮と逃げ出した背徳的な気持ちのしょうもなさから、お腹が痛くなるまで笑ってしまった。

はたから見たら爆笑&爆走する青春バカップルに見えたかもしれない。


現場から二人揃って逃げ出したロミとジュリアンは、もう誰も追って来ていないことを確認してようやく立ち止まる。

息は上がっているけれど、それが何だか心地いい。一緒に悪戯をして逃げる仲の良い子供みたいだと、心の底から笑いがこみ上げてきて、街路樹にもたれかかって二人一緒に大爆笑した。

時間も相当遅いのにこんなに大声で笑ってさらに悪いことをしている気がする。

「あははは っ……もう、こんな悪事をはたらいたのは初めてだよ」

「ははは、悪事って何だよ」

「乱闘したり警備隊の尋問から逃げ出したり」

「酔っ払いの喧嘩なんて日常茶飯事だろ。けどそれも後で俺が話つけといてやるよ。結構衛兵らにも顔がきくんだ」

彼は一体どういう人なのかと思ったけれど、旅の最中にそんな個人的なことを根掘り葉掘り聞くのも無粋だ。ロミは敢えて聞かないことにした。

ひとしきり笑い合ったあと、ジュリアンはロミをじっと見つめて妖艶な笑顔を見せたので、その視線にロミは鼓動が一つ波打つのを感じる。

「な、何かな」

「アンタ、強いな」

「それは君もだろう」

「俺よりよっぽど強いんじゃないか」

「そんなことはないよ。……でも、強いって言われるのは正直嬉しいな」

一応騎士であるからには、強いと言われるのは誉め言葉だ。強くなると心に決めた幼少時代からの信念を貫いてると褒められた気分になって嬉しい。

しかし、はたと思い浮かんだのは、イーグルトンの男性には強い女より、か弱くて守ってあげたい女性のほうが好まれるのではないかということだ。

――あれ……？　もしかして私はイーグルトンの男性にとっては好ましくない女性なのではないだろうか？　ジュリアンも、もしかして強い女は好きじゃない？

自分が今までしてきたことを思い出して、淑《しと》やかさとは無縁だった自分が恥ずかしくなってしまう。

ロミが額を押さえて悶々としていると、ジュリアンの手がロミの顎に伸びて上を向かせた。

「そして綺麗だ」

すぐ目の前に素晴らしいジュリアンの美貌がある。急に恥ずかしくなって頬にカアッと熱が籠った。

「あ、あははは。急にな～に言ってるんだ」

「嘘じゃない」

「え？」

「アンタは綺麗だ」

「……あ、あの」

「惚れた。アンタを本気で口説いていいか？」

「ジュリアン……？」

ジュリアンの親指がロミの半開きの下唇をそっと撫でつけた。思わず目を逸らして顔を背けようとしたが、ジュリアンの手がそれを許さなかった。

相変わらず目の前には絶世の美男子の悩ましい微笑みがあり、見つめているだけで酩酊《めいてい》したみたいな気分になってしまう。

——これは、まだお酒が抜けてないのかな。そこまでお酒に弱いわけではないんだけれども。

ジュリアンの夜空のような瑠璃色の瞳は情欲にけぶるように潤んでいる。ロミは、本能でこの男に求められているのを悟ってしまった。

「ジュリアン、私を抱きたいのか？」

「ふっ、ストレートに聞くよな。すげえ抱きたい。なあ、さっきの話だけど、ロミは俺のこと知りたくないか？」

「知りたいような、知りたくないような……だって私は旅人だし、一期一会というだろう？　それにもう遅いし」

「なあ、一期一会なら、俺はこのチャンスを逃したくないんだ。帰るなよ。今夜はおとなしく俺に口説かれて？」

魔法をかけられたみたいにその言葉に魅了されて抗えなくなったロミは、そっと無言で彼の首に腕を回した。それを合図に、ジュリアンはロミの腰に腕を回し、ロミの何か言いたげな悩ましくも半開きになったその唇に己のそれを重ねた。

旅の恥はかき捨てとも言うが。行きずりの情もまた、そんなこともあったと流してしまえるものだろうか。

貴族の子女として、年頃になると閨《ねや》教育は一通り受けるものである。ロミもまた、男女の身体の仕組みを座学では勉強したものの、要は「殿方に身を任せなさい」という丸投げにも等しいことを言われたのみで、詳しいことはその時にならないと分からないと思っていた。まあなんとかなるだろうと楽観的に考えていたのだ。

あんな淫らな行為だったなどとは思いもせずに。

その部屋にどうやって来たのかを、ロミはあまり覚えていない。気が付けばどこかの安宿の一室で、狭いベッドに並んで腰かけた状態でジュリアンに噛みつくようなキスをされている。

「んっ……ふ、んぅっ……」

「はあ、ああ、ロミ、ん、んん……」

キスも初めてのロミは、唇を触れさせるだけのものだと想像していたのに、どんどん深くなっていくジュリアンの唇と舌先にあっという間に翻弄《ほんろう》された。

薄目を開ければ目の前に広がるのは、悩まし気に眉根を寄せて、熱に浮かされたみたいに貪《むさぼ》るジュリアンの非常に整った顔がある。

「んっ……！」

歯列を割って侵入してくるジュリアンの舌に、あっという間にロミの舌は絡め取られる。じゅるじゅると吸い上げられて、息が苦しいのに気持ちいいような気がして混乱した。

「ん、んん〜〜〜〜っ！」

突如身体をせり上がる何かの力を感じてロミはビクリと震えた。何が起こったのか、初めて迎える絶頂がキスだけで起こったことなど、知識もろくにないロミにはわからない。

ぷはっと荒い息を吐きながら唇を離すも、名残惜し気にお互いの唾液が糸を引く。

「はぁっ、はぁっ、あ、あぁ……」

「はあ、キス、気持ちいいな、ロミ」

——気持ちいいキスと普通のキスってどう違うんだ？

これが気持ちいいキスなのかどうかロミにはわかっていなかった。ただ、ちゅぱちゅぱと音をたてて、普段なら絶対に触れ合わない別の人の舌と自分の舌を絡ませることに、非常に淫らさを感じて、恥ずかしいのにその淫らさに酔ってしまいそうな気分だ。

そのままベッドに押し倒されたのもわからなかった。キスだけで身体がすっかり弛緩《しかん》してしまっている。

いくら身体を鍛えたところで、たったのこれだけで全身の力が抜けてしまうなんてロミは思いもしなかった。

——これってもしかして魔法なのかな。ジュリアンは本当に男神の化身なのかな。我ら女神の末裔のローゼンブルグの民がいるくらいだし、もしかして本当に……？

男神の抗えない魔力にさらされたら、いくら騎士でもただの無力な女でしかないとロミは思う。

――今こうなら、この先一体どうなってしまうんだろう？

ロミは目の前の瑠璃色の瞳を改めて見てから、はあ、と悩ましく息を吐いた。

「……ジュリアンの目は夜空みたいだ」

「夜空、好きなのか」

「そうだね。好きかな。ローゼンブルグの山に登って見た夜空は空気が澄んでいてそりゃあ美しいんだよ。君の目はそれを彷彿とさせるんだ」

「そうか……ならこの目の色に生まれて良かった」

「……あっ……」

ジュリアンがロミのシャツの前をはだけ、露《あら》わになった鎖骨に顔を埋めて舌を這わせてきた。時々チュッと吸われるそのくすぐったさにロミは喉奥でぐふと色気のない声で笑いを漏らしてしまう。キスマークを付けられたことも気付いていない。それどころじゃないのだ。

ジュリアンは鎖骨にキスをしながら器用にロミのシャツのボタンを外していき、ついに全て外し終わると、あっという間にはぎとってしまった。帯も解《ほど》いてトラウザーズも取り払われて、ロミはついに生まれたままの姿をジュリアンの前に曝《さら》け出すことになった。

鍛えているので細身ではあるが、その割に胸の膨らみは大きいロミの身体を見下ろし、ジュリアンは熱いため息を漏らす。

「ロミの身体も綺麗だ」

「……っ」

改めて言われると恥ずかしくなって、ロミは両腕で隠してしまった。

「隠すことないだろ。俺も同じだから」

ロミのその姿にクスクス笑いながら自らもシャツをぐいっと上に脱いでいく。

「おわぁ……」

極上の筋肉を有したとんでもなく美しい裸の肉体が目の前に現れて、ロミは思わず口元を覆って感嘆の声を上げてしまった。ジュリアンはそんなロミに妖艶に微笑みながら改めて覆いかぶさってきた。

改めて肌同士をくっつけて抱き合うのは心地良い。ジュリアンの体温が直に感じられる。少し汗をかいているせいか、その汗の匂いにロミの脳はくらくらとしてきた。

——気持ちいい……。これから男女のことをするんだろうか。……って、本当に？　この私がついに男女のことをする時が来たのか？

そこに気付いて、それまでの酩酊したような気分から一気に目が冴えてきた。

「あの、ジュリアン、私実は、男女のことの経験がなくて……」

「……え？」

「ほ、ほら、私はローゼンブルグで男性とは無縁で生きてきたから、出会いもそうそうなかったし。キス、したのもさっきのが初めてだったので……」

「……マジか」

「ごめん」

「いや、謝らなくても。そ、そうなのか。ていうかロミは初めてが俺なんかでいいのか？」

——いいのか？　と言われてもそのいい悪いの基準って何なんだろう？

でもこの極上の美貌と肉体を前にしてここでやっぱりやめまーす、というのは、何か勝ち負けでいうところの負けのような気がする。

「……お、おねがい、します……」

「ぷっ……はは、分かった分かった。じゃあその、なるべく優しくする」

ジュリアンはふわりとはにかんだ笑みを浮かべて、ロミに口づけを落としていった。

唾液の糸を引く舌と唇を離したジュリアンが、ロミの息も整わぬ間にも首筋に吸い付いてきた。

チュッ、チュッと啄《ついば》むように吸い付いて、ロミの白い肌に赤い花びらを散らしていく。

「あっ、んうっ……！」

「悪い、痛かったか？」

「いや、あの、何だか、くすぐったいだけ……」

「少しでも嫌だと感じたら俺を殴っていい。アンタに殴られたら俺はすぐに我に返れる」

「な、殴るなんて！　そんなことしないよ。確かに私はローゼンブルグの山育ちだけど、野蛮人じゃないから」

「野蛮人……いやそこまで言ってないけど。まあいい、気分が良くないならすぐに言ってくれ」

ジュリアンの言葉に、ロミは一度自分の頬を両手でパチンと叩いてから元気良く返事をした。

「はい！　よろしくお願いします！」

「いや、それ何の気合いなんだよ」

苦笑しながらジュリアンは、ふにゃりと笑って見せたロミの形の良い乳房を両側から掬《すく》い上げて、ふにふにと揉み始めた。しっとりと汗をかいた乳房はジュリアンの手の中で形を変える。

主張するような乳首にそっと舌を這わせ、先端から根元にかけて、舌先を尖らせながらぐりぐりと刺激していった。

「ん、んんっ」

「感度の良い胸だな。すっげえ可愛い」

徐々に官能を拾ってピンと立ち上がってくる乳首に気付いて、そのまま貪《むさぼ》るようにそれを口に含み、じゅるりと吸い上げて、もう片方は指先で根元をぐりぐりと刺激する。

ロミは感じたこともない刺激に小刻みに震えながら息を荒らげた。

「あぁあ……っ、ジュリアン……」

ロミは自分の胸元にある見事な金髪に思わず手を触れてさわさわと撫でさする。

それにジュリアンの肩口がピクリと反応した。少し汗が浮かんでいるのが、間接照明のセピア色に照らされて綺麗でたまらない。

ジュリアンの身体は固い筋肉で覆われていて、しっかり鍛えられていて美しかった。

ジュリアンに愛撫され沸き上がる官能を拾い、ロミは目を潤ませてとろんと蕩《とろ》けたみたいな顔をしていたらしく、上目遣いにこちらを見たジュリアンと目が合う。ジュリアンは顔を上げて一瞬固まり、次の瞬間に身を乗り出して顔を近づけた。

「ははっ……なんて顔してんだ」

「え、あっ、んむぅっ」

ジュリアンはロミの蕩《とろ》けたような顔に満足そうに微笑むと、彼女の半開きの口に深く貪るようなキスをしてきた。

――気持ちいい。もう何度キスしたのかわからないけれど、こんな淫らなキスを何度してもいいくらい気持ちいいと思うなんて、私はもしかして淫乱なのかな？

そんなロミをよそに、じゅるじゅると唾液を啜《すす》るみたいに淫らすぎるキスを施しながら、ジュリアンの手はロミの下腹部に伸びていく。

剣ダコのついた節くれだった指が、ロミの湿り気を帯び始めた女性器にたどり着くと、そのぬるついた感触にジュリアンは鼻にかかった笑いを漏らした。

「気持ちいいか？」

「え、えっと、うん」

「ここ、ぐっちゅぐちゅに濡れてる」

「い、言うな……！」

「ははは」

ロミは言われて初めて愛液で濡れていることに気付いた。失禁じゃないけれどめちゃくちゃ恥ずかしい。カアッと熱くなる顔面を覆ってしまうロミ。

「顔隠すなって」

「だ、だって」

「ふふ、まあいい」

ジュリアンは指を滑らせて、愛液を馴染ませるみたいに擦《こす》り始めた。ちゅくちゅくと淫らな水音とともに、ロミにくすぐったいような気持ちいいような、不可思議な感触を与えてくる。

「ひ、あっ、ああっ」

「初めてだもんな。しっかり慣らしておかないと辛いよな」

そう言って、今度は愛液にまみれた長い指を膣の中にくぷりと挿入する。自分でもろくにしたことがないロミは、突然の異物感と刺すような痛みにビクリと震えた。

「まずは一本」

と、ジュリアンの指が根元まで埋まった。それをゆるゆると動かすと、ロミは鼻にかかったような声で小さく「ん、ん」と喘ぎだした。

「あうっ……あぁっ、そ、そんな、ところに……」

「指、増やすぞ」

「あ、だ、ダメ、あ、あああっ！」

水音が大きくなってきたところでジュリアンの指がもう一本侵入し、先ほどより強い圧迫感と異物感、そして痛痒いような感覚を伝えてきて、ロミはその刺激にはあはあと息を荒らげた。

ロミの反応に気を良くしたジュリアンは、膣に挿入した指をバラバラに動かして内壁をぐりぐりと擦《こす》り始める。

「んひっ……！　や、何、何、これ……っ」

自分でも触ったことのない場所を擦《こす》られて、そこに感覚があったのかと驚くとともに、とんでもない刺激にロミはあられもない悲鳴じみた声を上げた。

「あぅっ、ん、あぁーっ！」

「ははっ！　腹側のこの部分、内側から擦《こす》られるとたまらないだろ？」

「ひっ、ああっ！　ジュリアン、それやめ、何か、いや、何か来るぅっ……！」

「絶頂だ。素直にイッとけ。ほら、ほらイけ、イけよ！」

「いや、あ、あ、あぁあああっ……！」

ロミは顔を真っ赤にして、ぞくぞくと背筋を駆け上る快感にか細い悲鳴をあげながらビクビクと震えた。

——何だこれ。身体に力が入らない。それでいて張り詰めていたものが弾けて開放感が……

目の前に星が散ったみたいなチカチカとしたものを感じながら、ロミは酒を飲んだ時のような酩酊感を味わって、涙目でジュリアンをとろんと見つめた。

「だぁから、そんな目で見るなよ。エロすぎて勃《た》っちまうだろ」

「たつ……？　一体何が」

「ナニがだよ」

言われてそちらを見ると、覆いかぶさっているジュリアンの股の間からそそり立つアレが見える。まるで蛇が鎌首をもたげたかのような、太くて長い雄の象徴。

――何、ナニ……ナニいいいいいい！

目が慣れたとはいえ部屋は薄暗いので詳しくはわからないけれど、ジュリアンの肌の色より赤黒くてビキビキと血管の浮いた、禍々しいものにも見えた。

絶頂の余韻から間もないくせに、初めて見る勃起した男性器を、ロミは息を飲んでまじまじと観察する。

内臓の色にも似た禍々しい突起物は、ロミの身体にはない代物で、血管が浮き出て先から唾液のような物を吐き出しているところを見ると、それはもう別の生き物に見えてしまう。

「ま、魔物……？」

「誰が魔物だ」

「えっと、じゃあ……武器？」

「……まあ、ある意味そうかもな。ってかすっげえ見るよな」

「は、初めて見たもので。こ、これをどうしたら……？」

「ん？」

「今言うのも何だけど私、閨《ねや》の作法は殿方に任せなさいとしか言われてなくて」

「作法って……ロミは結構な箱入りお嬢なんだな」

「そ、そんなことはないけれど」

「まあいいか。……眺めてるだけじゃなくて、触ってみるか？」

「え……う、うん」

——それが作法だと言うのならジュリアンに従うのがいいだろう。

恐る恐るといった様子でジュリアンのそこに手を伸ばす。内臓のようなそれに直接触ってもいいものか迷ったが、躊躇《ちゅうちょ》しているロミの手をジュリアンが掴んで握らせた。

通常の体温よりかなり熱い。付け根部分は金色の体毛に覆われているが、そこから伸びた部分はすべすべとした皮膚で、血管がどくどくと波打っているようだった。先端からたらりと零れ落ちた生ぬるく透明な液体で手が少し濡れてしまう。

「あ、熱い……ジュリアン、熱でもあるのか」

「勃起してるからそういうもんなんだ。……あっ、んん……」

「ご、ごめん。どこか痛いとか」

「違う、そんなおどおど触らないでしっかり握ってくれないか」

「ど、どうやって」

「こう」

ロミの手の上からむぎゅっと力を入れて握らせる。本当に羽で触れる程度しか触っていなかったらしく、思った以上の強さで握らされて、ロミはギョッとしてジュリアンを見上げる。

ジュリアンは額に汗をかきつつ頬を紅潮させて妖艶に微笑んでいる。痛いわけではないらしく、快感に喘ぐその魔的な美しさと言ったら。完全に魅了されたロミの心臓がドクンとひと際波打った。

「ロミ、そのまま……上下に、扱《しご》いて……」

「うん、こう、かな……」

手を濡らす液体を擦《こす》りつけるように上下に手を動かす。擦《こす》るたびに熱を持って硬度を増していくようだった。

「その、くらいの、力で……手を動かして……あっ、は、そう、そう……」

「こう……これで、気持ちいい？」

「きもち、あぁっ……きもち、いい……！」

真っ赤な顔をして目を閉じ、荒い息を短く吐きながら、ジュリアンが喘ぎ始めた。絶世の美形男のあられもない喘ぎ顔、こっちまでおかしい気分になってしまう。

——私、変だ。こんな、こんないやらしいことをして……男性のこんなあられもない姿、決して見てはいけないものなのに。

しかしそう思っても目が離せない。今日は本当に背徳的なことばかりしている気がする。

「ああ……その、雁首《かりくび》の、あ、そこ、指で、ぐりぐりって……あっ、あぁっ」

雁首《かりくび》がどこかわからないけれど、言われた通りに爪を立てないように指先で雁首《かりくび》らしき部分の根本をくりくりと擦《こす》る。

ジュリアンは鼻にかかったように「ん、ん」と言葉にならない声を上げた。

「ん、あ、ああっ……ロミ、ああ、んぅ、はっ……それ、いい、気持ち、いい……！」

「ジュリアン……そんな顔して」

「ん、はあ……ロミ」

「ん？　……は、あむ……」

官能に浸かって感極まったらしいジュリアンに唇を塞がれた。片腕を回してロミを抱き寄せて頬に触れながら、最初から口を開けて無理矢理ロミの舌を求めて来るので、ロミの思考も手の動きも止まってしまった。

「ん、ちゅ、は、ん、んんっ、ああ、ロミ……」

「ん、ふぅっ……？」

「ロミ、ロミ、手、止めないで……っ、キスしたまま、してほしい」

「うん……っ」

「んあぁっ……！　あむ、ん、んん……ちゅ、はあ、ロミ、ああいい……！」

ジュリアンの望むままに深く舌で交わりつつ、先走りでぐちゅりと濡れた音を響かせて雄茎を上下に扱《しご》いていく。上と下から淫らな水音が響いて耳から官能に支配されていく。

目の前のジュリアンが真っ赤な顔でロミの唇を貪《むさぼ》っていて、鼻にかかった喘ぎを漏らしている。

――私の愛撫で気持ち良さげに喘いでいるなんて、こんなに官能を揺さぶるものがこの世にあったなんて知らなかった。

美しいだけでなく、なんて可愛らしいのか。胸の奥がきゅんきゅん締め付けられるみたいな感覚を覚えて、もっと気持ち良くさせてあげたくなるのはどうしてなんだろう。

少し強めに握った雄茎を扱くスピードを上げていくと、ジュリアンはビクビクと身体を震わせてついにロミとの舌の交わりを解《ほど》いて仰け反る。

「あぁああっ！　い、んああっ、イく、出る、出る、ロミ、ロミィっ！」

びくりと肩を震わせたジュリアンが大きく喘いで絶頂する。

勢いよく吹き出した精液がロミの手首までどろりと濡らした。

「ん……」

「んぅ……は、あ……」

肩で息をしたあと、何故か茫然とするロミの唇を奪うと、ジュリアンはちゅぱちゅぱと舌で交わりながら余韻にしばし浸る。一度軽くチュッとキスをしてようやく離れた。

「ははっ……」

「ジュリアン……」

「待ってろ、今……」

頬をバラ色に染めながらやや恥ずかし気にニカッと笑ったジュリアンは、むくりと起き上がってロミを隣に横たえた。そしてすぐにサイドボードに置いてあった布を取ってロミの手を拭い始めた。とても甲斐甲斐しくて何だか胸が温かくなる。

――この一連の行為。二人で愛撫し合って高め合うって、なんて背徳的で、恥ずかしくて、でも愛しい行為なんだろう。

「……知らなかった。これが閨のことだったんだね。すごく良かった」

「え？」

「え？」

「は？」

「は？　……って何？」

ジュリアンは目をぱちくりとさせて固まった。ロミの手を拭《ぬぐ》う動作もぴたりと止まって、信じられないと言った顔をしている。

――何か変なことを言っただろうか。それとも何か気に障ったのか。すごく良かったという気持ちは本当なのに。

ジュリアンは布を横に置いてからはあああと盛大なため息を吐いた。

「ロミ、これで終わりと思ってるんじゃないだろうな？」

「……え？　違うの？」

「……ローゼンブルグの性教育どうなってんだよ。普通十代半ばくらいでヤリ方くらい教えないのか？」

「とっ……とんでもない！　十代なんてまだ子供じゃないか。女神様が許さないよそんなこと」

「イーグルトンじゃ十代後半ぐらいになると覚えたての奴らが親に隠れて、ってことも多いけどな」

「な、なんて破廉恥《はれんち》な……！」

「破廉恥《はれんち》って、お前」

「ていうか、君もそうだったってこと？」

「俺はいたって普通の青少年だったからな」

ロミが信じられないといった顔をしたので、ジュリアンも信じられないという顔をしながら自国のことを教えてくれた。

イーグルトンでは貴族も平民もだいたい十代後半くらいで嫁いだり婚約したりするため、性教育はそれなりに早いうちに勉強させるらしい。

そんなこと、ローゼンブルグでは十代で得る知識じゃない。イーグルトンの青少年はなんて早熟なんだ。

お国柄の違いというのを実感した二人は一瞬沈黙した。

「……当然、今日はまだ始まったばかりだ。前戯だ、前戯」

「ぜんぎ……」

「あれだ。コース料理でいうところの」

「いうところの？」

「前菜」

「うそぉっ！」

閨のこととは、お互いを高め合って快感を得て、最終的に子供を得る行為。と、聞いている。それだけである。具体的なことは女子には教えてくれないのがローゼンブルグであった。

うちの教育係は何でそんな重要事項を「殿方におまかせ」と丸投げなんだとロミは頭を抱えた。

「……ジュリアン。私は無知すぎたみたいだ。今日は君の相手に相応しくないかもしれない」

「今更逃がさないけど？」

「ひ」

「ロミ、メインディッシュを食わせろ」

食わせろ、というのは言葉通りの意味ではなくて、ロミを性的に抱くという比喩表現だというのは何となく分かった。

「ど、どうやって」

「知らないならこれを機に俺が全部教えてやるから覚えろ。……これを」

ジュリアンは片手でロミの片足を抱え上げた。足を開いたことで空気に触れて、そこにひんやりと濡れた感覚を覚えたロミ。

先にジュリアンの指で絶頂を迎えて潤っていたロミのそこは、さらに彼の痴態を見たせいで零れ落ちるくらいに愛液を垂れ流していた。

彼はそこに先ほどロミが握って愛撫していた、いまだ雄々しく立ち上がっている雄茎の先をぴたりとあわせてきた。

「……さっきお前が握ってたこれを、お前がさっき指入れられてよがってたここに、挿《い》れる」

まるで聞き分けのない子供をあやすように、ゆっくりとした口調でそう説明するジュリアン。

――コレを。ココに挿《い》れる。え？　結構な太さと長さのコレを？　私のそんなところに。挿《い》れる？　何を言ってるんだろう。そんなことしたら。

ロミは引きつりながらへらへら笑って首を横に振る。

「む、無理、無理。入らないよそんな大きい物は」

「褒めてくれるのか。大丈夫だ」

「だ、だいじょばないだいじょばない！」

慌てすぎて変な言葉になっているロミ。

そんなロミとは逆に落ち着いた様子で亀頭からの先走りを混ぜ合わせるみたいにぐりぐりと動かすジュリアン。くちゅくちゅと淫らな音が響いてきた。

「や、あ、む、無理だよ。裂けちゃう」

「裂けない」

あれが自分の身体に本当に入るのかと思うと先ほどまでの淫靡で悩ましいような感覚は消え去り、恐怖で顔がサーッと青ざめるのがわかる。両手で口元を押さえながらも、今しも結合しようとしている部分から、ロミは目が離せない。

心臓がバクバクと大音量を立てて波打っていて、まるで部屋中に響いているような幻聴が聞こえる。

「挿《い》れるぞ」

ジュリアンの声とともにぴたりと定められた場所に、亀頭がグプリと沈んでいく。指などよりもっと質量のある物体がそこに侵入してきた。その際ロミの痛覚が身に覚えのない強烈な痛みを彼女に伝えた。

「痛っ……！　い、痛いよ、ねえジュリアン、お、ねがい、やめて、痛いよ、痛いっ！　おねがい抜いてぇ……！　ジュリアン……！」

「……悪い」

入口を強引にこじ開けられて引き攣《つ》れる痛み、その圧迫感、膣壁をぐりぐりと擦《こす》り上げていく刺激、それと同時にめりめりと生体的な何かを裂いていくようなグロテスクな激痛がしてくる。

それから間もなく身体の奥に衝撃があり、ひと際大きな痛みが一瞬ガツンと脳内に響いてきた。

「いっ……あ、あああああああっ！」

今まで訓練でもそんなところに痛みを感じたことなんてない。月経痛とも違うもっと物理的に傷つけられたような痛み。このまま串刺しにされて全身を貫いて左右に引き裂くのではと思わせる。

どうせなら失神してしまえたらいいのに、痛みが逆に覚醒を促して意識をはっきりさせてきた。

灼熱の痛みが襲い、寒くもないのにがちがちと歯が震えて鳴る。

「うっ……ぐすっ、は、あ、ああ……っ」

ロミは放心して虚《うつ》ろになったその緑の双眸《そうぼう》から生理的な涙をぼろぼろとこぼした。意図せず流れた涙を頬に感じて、だんだん惨めになって子供みたいに泣き出してしまい、どうにも止められなかった。

これを武器かと聞いてある意味そうかも、と言ったジュリアンの言葉の意味が良く分かった。

痛い。怖い。このまま身体を裂かれて死んでしまうんじゃないか。

子供のようにしゃくりあげてすすり泣くロミに、ジュリアンは覆いかぶさってギュッと彼女を抱きしめて来た。

「……痛いよな。ごめんな」

「うっ、ひっく、ひどいよ、ジュリアン」

「ん、悪かった。しばらくこうしていよう」

――抜いてはくれないんだ。

だが確かに、身じろぎひとつでまたあの激痛が襲ってきそうで怖くてたまらない。

ロミは縋りつくようにジュリアンに腕を絡めた。

「ジュリアン、どうしよう。怖い、怖いんだ」

「ああ、大丈夫だ。少しキスしていよう。力を抜いて、身を委ねてくれ」

「うん……」

ロミが慣れるまで繋がったまましばらく抱き合いながら触れるだけのキスをして落ち着かせようとしてくれていた。涙で濡れた瞼、頬、そして唇にふわふわとしたキスが下りて来る。

ジュリアンの裸の身体に抱きしめられながら優しくキスをされると、先ほどまでの未知なる行為に対する恐怖と痛みがだんだんと和らいできた。

「ふ、んぅ……」

「気持ちいい？　ロミ」

「うん、うん……ああ、ジュリアン、これ、もっと」

「ああ、たくさんしような」

やがてそれが再び深く舌で交わるようになってくると、ロミが自分でも気付かないうちにジュリアンをキュッと締め付けていたようで、ジュリアンのほうが先に我慢の限界を迎えてぐいっと上半身起き上がる。

「クソッ……きっつ……。ロミ……そろそろ動くぞ」

「え、待って、待って、怖いよ」

今この状態で動いたらまたあの激痛が襲ってきそうで、とてつもなく怖い。騎士として身体の痛みには慣れたつもりだったけど、そういう痛みとは別次元の痛みだったので、まだ若いロミには恐ろしくてたまらなかった。

「い、痛くしないで……お願いだから」

また滲んできた涙目で切なげに訴えると、ジュリアンは一瞬ビシッと固まった。そのうち眉根を寄せているのに頬を染めた笑顔になって、まるで快感に打ち震えたような顔をした。

「ああ……ゆっくり、するから……優しくする。んっ……」

「あ、あ、あああっ……！」

ジュリアンはロミの腰を持ってゆるゆると腰を前後に動かし始めた。

「んっ……くぅっ」

先程よりはましだがまだビリビリする。唇を噛みしめて耐えるロミの表情を見て、ジュリアンは一旦動きを止めた。

「ロミ、唇が切れてしまう。噛みしめたらダメだ。キスしながらしよう」

「ん、うん……あ、んっ」

「鼻で呼吸して、そう、そう……ん、いい子だ」

ちゅ、ちゅ、と優しくキスを繰り返し、そのうちお互いに求めあって舌を絡める。しばらくそうしているうちに、ジュリアンが再びゆっくりと腰を動かしてきた。

痛みを覚悟して目をギュッと瞑《つむ》ったロミだったが、ロミの懇願をジュリアンが聞いてくれたおかげなのか、ひりつく痛みも止んできて苦しくはなくなってきていた。

その間もずっとロミの手を握りながら「大丈夫、大丈夫」と繰り返すジュリアンの優し気な声にだんだんと心も委ね始めた自分がいた。


——さっきはあんなに痛くて苦しくて、死んでしまうかと思ったのに。

入口も内側も引き攣《つ》れるような痛みはむず痒さのようなものに変化している。

それよりも、いやらしさを感じさせるニチャニチャと粘性のある音がだんだんと大きくなってきて、ロミは耳を塞いでしまいたくなった。

——身体を合わせている部分からそんな水音がするなんて……

「あ、あ、んくっ……や、この、音、あ、やだ……」

「はっ、ああ、すっげえやらしい音だよな、最高だ。滾《たぎ》る」

——これのどこが最高なのか。滾《たぎ》るって何が？

「あぅ、んんんっ」

ジュリアンが言葉尻にグラインドを大きくしたため、彼のものがゴリゴリと内壁を滑る。その摩擦にゾクゾクと身を震わせたロミは、思わず押し殺した声を出す。

痛いわけじゃない。先ほどのような鋭い死にそうな痛みじゃなくて、何やらくすぐったさを伴い、徐々に息が上がっていく気がする。

「ロミ、まだ痛いか」

「い、痛くは、なくなってきたかも。逆に何だかゾクゾクして……？」

「はは、良かった。はあ……えっろ」

ジュリアンはそんなロミの様子にわずかに口角をクイとあげてから、おもむろに彼女の頬にキスを落とした。ジュリアンにはたくさんキスをもらってそのたびに安心する。

再びゆっくりと、それでも先ほどより大きく動いていくジュリアンに、ロミはゾクゾクと再び絶頂に近づいていく。

「あっ、あっ、これ、また、さっきの来ちゃう」

「イキそう？　遠慮しなくていい。ロミが気持ちいいところで、いつでもイッていいから……」

「うん、あ、あ、だめ、もう……！」

ロミがぐいっと仰け反ってビクビクと震えた。その際に無意識にジュリアンのものを絞るように圧迫したため、ジュリアンは眉根を寄せて快感に震えた。

「ロミ、イケたな」

「……じゅり、あん」

「もう疲れたか？　もうやめる？」

「……えっと」

ジュリアンのものはまだ弛緩《しかん》しておらずロミと結合したままだ。彼はまだ絶頂を迎えていないようだった。

彼は落ち着いてきたロミと違って眉根を寄せてふんふんと息を荒らげていた。彼もきっと絶頂を迎えたいのだ。眉根を寄せて息を荒らげる男性の妖艶な魅力に、ロミの心臓はドクンと大きく波打った。

――何だろう、この気持ち。悩ましくて切ないようなこの表情。早く、彼も解放してあげたいような。一緒に気持ち良くなってほしいような。

「や、やめないで。ジュリアンも、気持ち良くなってほしい」

「ああ、ロミ……それじゃ、もう一度。今度はもう少し強く動いていいか？」

「怖いけど、今度は君がしたいようにして」

ロミの言葉にジュリアンは感極まって噛みつくようなキスをした。じゅるじゅるとロミの舌と唾液を貪《むさぼ》ってから、彼女の腰を掴んで先ほどより強めに、やや自己本位に動き始めた。

「あっ！　あ、ああっ！」

「は、ああ、ロミ、ロミ！」

一方、ジュリアンの動きに合わせてロミの豊かな胸が揺れているのが彼にはこの上なく淫猥《いんわい》に映っていた。

あんなに泣き叫んで痛みを訴えていたロミが、破瓜《はか》を終えて徐々にゆっくりと快感を拾い始めたとろんと蕩けた表情で絶頂の余韻に浸っていた。今は先ほどよりも強いジュリアンの突き上げにただだ喘いで官能に溺れている。

あの男勝りで勇ましい女戦士の姿はどこにもない。ジュリアンの手によって快感に悶えるただの女になっているそのギャップにゾクゾクと身を震わせ、ロミの中に侵入した楔が剛直を高め始めた。

痛みと羞恥に涙を滲ませた表情が可愛すぎて、嗜虐《しぎゃく》的な気持ちも湧き上がってきてしまう。

「はあ、中、きっつ……見ろよ、俺のを旨そうに咥《くわ》え込んで離してくれない」

「やだ……そんなこと、あ、ああっ　は、恥ずかしいよ」

「恥ずかしい？　今更っ、お上品、ぶるなよ……！」

「あ、ひぁっ……」

「貴族だろうが自由民だろうがっ、上品だろうが下品だろうが……っ、はあ、ベッドの上じゃ、みな、同じ、だろっ……！」

「んあああっ！」

なじるような言葉攻めに加えて強めに揺さぶると、溢れて来たぬめりに膣奥の子宮膣部までズドンと亀頭がぶち当たる。思わぬ衝撃にロミは一度絶頂を迎えた。チカチカと目の前に星が散る。

この行為はなんと浅ましくて下品で、だがそれが気持ち良い。あんなにひどい痛みを与えられて、なじるような言葉攻めをされているというのに。

どうしてそんなジュリアンが、こんなに愛おしくてたまらないんだろう。

「すき、すき、ジュリアン、あ、あああ好きぃ……っ！」

「な……っ」

思わず口から零れたその言葉は、ロミの飾らない心の底から出た言葉だった。

そんな言葉一つがジュリアンの欲望を一瞬で燃え上がらせた。ロミの中でさらに剛直と化した雄を思いいきり突き刺すように叩きつける。

奥まで突き上げそのままの勢いでガツンガツンと腰をぶつけるジュリアンの勢いに、ロミは何も考えられなくなって喘ぐことしかできない。

「あぁンッ……！　あ、んぁっ……！」

「ああ、ロミ、ロミッ……！」

「あ……ぁ……いい……！」

「はあっ、ああ、ロミ、初めてだ、お前みたいな、女っ……！」

一期一会の関係。今日会ったばかり。身分や国、文化の違い。

そんなもの、この愛おしい行為の中では何の意味もなさないように思えた。

ただただ、愛おしくて、ドロドロに溶けて一つに交わってしまいたくて。

「ロミ……ああロミッ……！　お前は、俺の、だっ！」

「ふあ、ああっ！」

「なあ、どこにも行くなよ？　俺のものになって。なあ、俺のものだって言えよ！」

「ひゃうっ、あ、あああっ！　あげる、わたしは、きみの、ものだよっ……！」

昂《たかぶ》った感情のままに腰を打ち付け合うと、淫らな水音と打擲《ちょうちゃく》音、安価なベッドの軋む音が響く。

ジュリアンは思わず彼女の首元にガブリと噛みついた。まるで獣の交尾。けれどそれはマウンティングのためのものではなくて。

――喰って、しまいたい。

ジュリアンは沸き上がったほの暗い欲望に身を任せ、最奥まで刺し貫いた。

「んあ、あ、あああああっ！」

ロミが悲鳴じみた声とともに硬直し、ジュリアンのモノをギュギュッと締め付ける。それを合図にジュリアン自身も煮えたぎった白濁を彼女の子宮目がけて吐き出した。

ジュリアンは自分を刻み付けるように、まるで獣のマーキングのようにロミの胎内を熱湯のような精で満たしていくことに支配的な優越感を覚えた。

そんな風に胎内を蹂躙《じゅうりん》していく男の欲望の証に対して、穢されたというよりは愛を与えられたようなこの上ない喜びを感じ、ロミは自分が女であることを自覚する。

全てを吐き出して脱力したジュリアンの身体が覆いかぶさってくるのを抱きとめたロミは、荒い息を整えるように彼の背に腕を回す。

汗の浮いた筋肉質の背を、子をあやすように撫でながら、ロミはまるでケーキのミルククリームのような甘ったるい微睡《まどろ》みの中に落ちていく自分を感じていた。


それから何時間経ったのか定かではない。閉め切られたカーテンから明けの日差しが顔を出す頃。ロミは目の前に眠る美丈夫の姿をとらえてしばらくぼけーっと見つめてしまった。

ジュリアンは腕をロミに巻き付けて抱きながら眠っている。

まさかと一瞬嫌なことを思って耳を近づけると、ちゃんと規則的な呼吸音が聞こえてきた。

——やっぱり綺麗な人だ。ずっと見ていられる。

旅先のこのイーグルトンでの強烈な出会い。危ういところを助けられ、そのあと意気投合して、一緒に食事をしたり何故か乱闘に巻き込まれたり。その戦いの興奮のままなし崩し的に夜を共にした男性、ジュリアン。

一期一会と割り切り、どのような素性の人なのかも知らない、行きずりの相手。

『すき、すき、ジュリアン、あ、あああ好きぃ……っ！』

『ロミ……ああロミッ……！　お前は、俺の、だっ！』

ロミはふと昨夜のことを思い出してかあっと熱くなった顔面を押さえつける。

——あの行為ってあんなに乱れるものなんだ。自分じゃないみたいなヒャンヒャンうるさい声で喘ぐなんて恥ずかしすぎる。

そんな自分も知らなかった自分の姿を引き出したジュリアンは、未経験で痛い怖いと喚《わめ》いていたロミを大切に大切に抱いてくれた。

ふと上掛をめくると、シーツに赤黒い血の染みがべったりついているのを発見する。

ロミの乙女の証だった。いつかは自分の身にも起こると思っていたことで後悔はないが非常に恥ずかしい。

ロミは脱ぎ捨てられたシャツを羽織って立ち上がったところで股間からデュルリ、と太ももに流れ落ちる何かを感じた。

尿にしては粘性があって色も白く濁っていたため、その瞬間に昨夜のジュリアンのものだと思い出して赤面する。一度手に出されて、ジュリアンがふき取ってくれたものと同じものが、今ロミの大事な部分から流れている。

慌てて部屋に備え付けてあるバスルームに内股で向かってトイレに座って流した。中から大量に出てくる彼のアレに、避妊を怠ったことを思い出して頭を抱える。

――でもまあ、たった一度だけで身籠《みごも》るなら、ローゼンブルグはもっと子宝に恵まれたはずだよね。でも、身籠《みごも》ったとしても、それはそれで喜ばしいことじゃないか？

ロミの母親のノエミも、旅でローゼンブルグを訪れた植物学者と結ばれてロミを身籠《みごも》った。その父はノエミの妊娠を知る前に亡くなってしまったと聞いたけれど、それでも母はロミをここまで育て上げてくれた。ロミの人生の先輩のような母だ。彼女のように子供を責任もって育て上げる強い母になりたいと思った。

生まれも育ちも女系国家ローゼンブルグのロミは、ジュリアンと結婚して一緒に子供を育てるという考えは全く浮かばなかったのである。

ただただ恥ずかしいながらも幸せな気持ちで部屋に戻り、衣服を着直してからおもむろにジュリアンのほうを見た。相変わらずの美貌は神々しささえ感じる。

――さすがにお疲れなのかもしれない。起こすのは可哀想だ。

サイドテーブルに備え付けられた鏡を見て身支度を整えていると、ふとロミはピアスが片方ないことに気付いた。小さなシトリンの、シンプルかつ女性らしいデザインの銀のピアスだ。大した価値はないものだが、薔薇騎士となって初任給で買った思い出の品だった。

あたりを見回しても、特にそれらしい物は見つからなかった。早々に諦めたロミは、改めて美しいジュリアンを見て、ピアスごときどうでもよくなった。

時計を見たら既に朝六時になるところだ。そろそろロミも宿に戻らないといけない。朝八時にはチェックアウトだったはずだ。

ジュリアンに挨拶をして行きたかったが、気持ち良さげに爆睡していて起こすのも可哀想だから備え付けのメモ用紙にメッセージを残していくことにした。

『親愛なるジュリアン殿。貴方の一夜の妻となれたことは幸福でした。頂いたご寵愛は一生忘れません。旅の最後に良き思い出を賜り、感謝しております。ありがとうございました。いつまでもお元気でいてください。――ロミ』

少々気恥ずかしいが、気だるい中でも心身共に充実して乙女心だだ洩れになっているロミは、そんな別れのメモを残して部屋を出た。

いわゆる朝帰り。何だか気恥ずかしいが良い響きだと、ロミはちょっと感動してしまった。

それから本来なら泊まっていたはずの宿に戻り、時間が許すまで風呂に入って過ごした。

明るいバスルームで改めて見たら、白い肌の所々に赤い痕、そして首元にくっきりと歯型が付けられているのが分かって、ロミは一気に昨夜のジュリアンとの行為を思い出して悶絶した。

――そういえば体中にキスしてもらったっけ。行為中に噛みつかれたような気もする。しばらく開襟シャツは着られないし、同僚の前で着替えることも恥ずかしいじゃないか。

しかしそれが何だか彼との秘密の思い出の印のようで愛おしく、水をはじく肌をそっとなぞり上げては熱いため息を吐いた。

昨夜のあれは旅行の浮足立つ感覚が見せた夢だったのではと錯覚していたが、現実だと物語るその肌の上の赤い花を見て、胸が高鳴る自分の乙女な部分にロミは少々呆れた。

その後、チェックアウトの時間になり、ロミは今回の濃い思い出を胸に、幸福感と少々の疲労感に、長距離馬車に乗ってローゼンブルグ王国へと戻ったのだった。

同じ時刻に目覚めたジュリアンが、自分の隣で眠っていたはずのロミが忽然と消えていて、そのあとに残されていた別れのメッセージを読んで絶望していたことになど、これっぽっちも気付かないまま――

第二章　男神とピアスと再会と

イーグルトン帝国への旅行から数日。

ローゼンブルグの山野で軍馬を駆り、槍や弓矢で的を落としていく馬上訓練も、帰国当初は鞍《くら》に座っただけで股間の痛みに悶絶していたロミ。

原因はもちろんイーグルトンの男ジュリアンとの一夜なのだが、そんなところが痛いなんて誰にも言えない。

破瓜《はか》の痛みはすぐ治まった。だから途中から痛みよりも気持ちいい感覚になったのに、調子に乗って張り切り過ぎたのだろうか。

――初めてのときってこういうものなの？

涙目になりながらもそのうち治ると信じて数日過ごしたら普通に痛みは消えたので、女の身体とは強いものだ。身体に流れる女神コルドゥーラの血が守ってくれるのかもしれないと、ロミは毎朝毎晩女神に感謝の祈りを捧げて過ごした。

痛みを乗り越え、自分の一生の中で大人の階段を上ったという自負があるためか、前向きで落ち着いた、笑顔を絶やさぬロミに生まれ変わった気がする。同僚からも何だか見違えたと言われて、謙遜しながらも心の中では小躍りしていたりする。

女王ハリエットもそんなロミを見て変化を感じていたらしい。

「何か良いことでもありましたかロミ？　以前のそなたより落ち着いて妙に大人びましたね」

「そ、そうでしょうか？」

「誰かに出会って人生が変わったような雰囲気ですね」

ギクリ。聡明で洞察力に優れた女王の全てを見透かすような目で見られて、ロミはイーグルトン旅行の情熱的過ぎた一夜のことがバレたのかと思って緊張した。笑って誤魔化すしかない。

――人が見てわかるくらいの変化があったのか。確かにとんでもない出会いではあったけれども、そんなこと陛下に話すわけにはいかないものね。

そんなロミの固い笑顔をしばし眺めてから、女王はふっと視線を手元に戻す。

「……プライベートを詮索するのはよしましょう。イーグルトンへの旅行がそなたをリフレッシュさせてくれたのなら何よりです」

「陛下のお言葉、痛み入ります」

「その調子で来月の式典で、私のエスコートをしっかり務めてちょうだい」

「はい！　お任せください」

翌月にイーグルトン現皇帝ナサニエル一世の在位三十周年の記念式典があり、友好国であるローゼンブルグ王国も、女王ハリエットが招待されている。その期間女王ハリエットに薔薇騎士隊がお供でついて行くことになっていた。

神殿での指名制である女王に世継ぎの心配はいらないため、結婚の義務はなく、歴代で王配を持った女王もいたが、少女時代から神殿の聖職者希望だったハリエットは、現在齢四十で独身を貫いている。なのでこうした公の行事などでは独身の女王のエスコート役は薔薇騎士隊の歴代隊長が任じられているのだ。

ロミが薔薇騎士隊長になる前は、ロミの母であるノエミ・リフキンドがハリエットのエスコートを務めていた。

『女王陛下と私は並ぶとまるで一対の彫刻のようで、各国の大使や貴賓等が感嘆を漏らしていらしたのよ』

母のノエミがそう自画自賛していたのを思い出す。もともとハリエット女王と仲が良いので、エスコートする方もされる方も息が合ったのだろうなあとロミは苦笑しながら想像する。

初めての女王のお供とあって、イーグルトン旅行は帝都アルタイルまでの道のりを下見するついででもあったわけだが、それにしてはとんでもない旅行になったものだと、ロミは苦笑した。

帝都まで往復四日、滞在したのはたった一日。

——あの一期一会の濃厚な夜を共に過ごしたジュリアンという冒険者風の男性は今頃どうしているだろうか。一応感謝の気持ちをしたためた手紙を置いて来たけれど、読んでくれただろうか。

広大なイーグルトン帝国で、おそらくもう会うことはないだろうけれど、あの彼なら腕の立つ傭兵や冒険者としてこの先ローゼンブルグまでもその名声が届くかもしれない。

そんなことを思いながら、日々薔薇騎士隊長として女王に忠実に仕えていたロミだったが、思いもよらない形で彼と再会することとなる。

＊＊＊

ひと月後、初夏を迎えたイーグルトン帝国帝都アルタイル、イーグルトン宮殿にローゼンブルグの豪奢な馬車とそれを取り囲む女性騎士たちの騎馬隊が、帝都の門をくぐった。

門をくぐる際、礼儀として兜を取った薔薇騎士隊員の美麗さに民は皆目を見張る。物々しい鎧に身を包んでいるが兜の下から表れたのは気高く美しい女性ばかりの騎馬隊だ。

帝都民はひと目で麗しの国ローゼンブルグの一行と分かったらしく、アルタイルの大通りは女王一行の到着を歓喜の声で迎えてくれた。

薔薇騎士隊長として一行のしんがりをつとめたロミは、ひと月ぶりの帝都に安堵感を覚える。

滞在期間中の非番の日にでもまた街の中を散歩できたらとロミは眩しげに街中を見ていた。

宮殿にある貴賓館に到着するとようやく一息つけるのだが、その間にも女王は侍女達に明日の式典の支度でバスルームや化粧室に連行される。それを見送ると、ロミは貴賓館担当の侍女に案内してもらい、イーグルトン騎士団宿舎のほうに向かった。

ロミたちのような護衛任務に就く騎士というのは裏方だ。一大イベントを控えた裏方は休む暇などない、大忙しである。

護衛の任務はその土地の騎士団にも協力を仰ぐこともあるので、イーグルトン騎士団の総団長のもとに薔薇騎士隊長として挨拶しに行ったのだ。

イーグルトン騎士団総団長は口元に立派な髭を蓄えたいぶし銀を彷彿とさせる壮年男性だった。

「お初にお目にかかります。ローゼンブルグ王国騎士団、薔薇騎士隊長ロミ・リフキンドと申します。本日より女王陛下の護衛任務につきまして、イーグルトン騎士団の皆様にもご協力いただくことが多々あるかと存じますが、何卒よろしくお願いいたします」

「イーグルトンへようこそ、リフキンド卿。前回の女王陛下ご訪問の際はお母君が担当されていたが、代替わりしたのだね。もう十数年前か、幼い娘がいると言っていたが、君のことだね」

「はい。若輩者で母には及ばぬところが多々あり、総団長にはご迷惑をおかけすることがあるかもしれませんが、ご助力いただけると幸いです」

「もちろんだ。むしろ男ばかりの我が騎士団は薔薇騎士隊がやって来るのを心待ちにしていたくらいだよ。頼られると喜ぶ連中ばかりだから、存分に頼ってやってくれ」

「ありがとうございます。音に聞く騎士の国イーグルトンの騎士団の皆様にお会いできるのは我が薔薇騎士たちも楽しみにしておりましたので、そう言っていただけて嬉しいです！」

「そうかそうか。それは良かった。……本当なら皇帝陛下直属の銀の騎士団長にも挨拶させたいところなのだが、式典の準備で何かと彼も忙しくてね。オーウェン卿というのだけれどね」

「そうでしたか。しばらく同じ場所にいるのですから、そのオーウェン卿にお目にかかる機会もじきに訪れると思います。ご配慮、ありがとうございます」

「私も見かけたら声を掛けておくよ。人当たりが良くて面倒見も良い男だから何かと力になってくれるだろう。女性の警戒心が薄れるような見た目をしているからすぐ分かると思うよ」

「と、いいますと」

「顔がいい」

「あー。大事ですね」

「ははは。そんないい顔のくせに意外なことに最近女性にフラれたらしいから、何なら君が慰めてやってくれないか」

「ふふ、何を仰いますやら。そのような見目麗しいお人なら、私などより適任な令嬢はこの国に大勢いらっしゃるでしょうに」

「だといいんだけどなあ。……おっと、雑談で引き留めてしまってすまないね」

「いえ、こちらこそお時間を割いていただきありがとうございました」

そんな話を和やかに終えて、ロミは一礼をしてから執務室を出た。

廊下では騎士たちや使用人たちが忙しなく歩いている。的確な指示を出しながら足早に歩く上司らしい騎士とその部下らしき騎士の二人組が、中庭を挟んだ向こう側の廊下をきびきび歩いているのが見えた。やはり式典を明日に控えて彼らも警備等の最終確認で忙しいのだろう。

「隊長、探しました〜」

見るとロミの前方から薔薇騎士の一人が駆けてきたのを見て、ロミは足早に歩み寄る。

「今、イーグルトン騎士団の総団長にご挨拶してきたところだ。そちらは何かあったか？」

「女王陛下の明日の式典の準備はもう少しかかるかもしれませんが概ね順調です。なのでそろそろ隊長も準備しておきませんと。侍女長様に隊長を大至急呼ぶように言われまして」

女王のエスコートをするという大役を任せられているため、ロミも裏方の仕事ばかりしているわけにもいかない。女王のエスコート役がみすぼらしい恰好をしていては女王の威厳に瑕《きず》がつくため、ロミもまた明日のために身体を磨いておかなければならないのだ。

——ああ、アレがあるのか。

それを考えると心底うんざりしてしまう。

ロミとて貴族の子女として生まれたからには、社交界デビューした時から夜会やら式典に参加するときの事前準備に大わらわであるのは身に染みて知っている。

風呂で全身を磨かれて、マッサージでむくみを取り、漬物にでもされるのかと思うほどに化粧水やら香油やらを塗り込まれ、何十種類あるのかと突っ込みたくなるほどの服や靴、アクセサリーの中から一つを選んで、さながら着せ替え人形のような時間。

当日は早朝から食事もそこそこに今一度それを繰り返し、化粧を施して髪を結う。女性の身支度は最早、騎士が出征の準備をするごとく、である。

今頃女王ハリエットはその苦行のような時間を耐え抜いているのだろう。

ロミは薔薇騎士として参加するため、ドレスではなく騎士の礼服なのでコルセットで締め付けられることもない。ハリエットほど辛くはないだろうが、それ以外は苦行にも等しいのである。

侍女長殿は手ぐすね引いて待っているだろうことを思い浮かべて、ロミはははあああと盛大にため息を吐いた。

「……そうだな。じゃあ行こう。他の薔薇騎士たちは今のうちに交代で休める時は休んだほうがいいかもしれないね」

「了解です。今日到着したばかりですけど、明日は式典とそのあとの夜会と、長丁場ですからね」

やれやれといった表情で肩をすくめる部下と報告や軽い打合せをしながら、ロミは彼女と共に貴賓館に足早に向かうことにした。

彼女らの歩き去る後ろ姿を、中庭を挟んだ向こう側の通路でイーグルトンの騎士が目で追った。

「はぁ～。あれが音に聞くローゼンブルグの薔薇騎士隊ですかあ。女神の末裔と言う噂に違わぬ別嬪さんばかりですねえ」

綺麗どころばかりの薔薇騎士隊の女性騎士の姿に見惚れている部下の男に、上司らしき男が呆れたように言う。

「……この忙しいときに鼻の下なんか伸ばしてんじゃない」

「いや、だって綺麗だし凛々しくて真面目で誠実そうでいいじゃないですか」

「……どうだか。女系国家だぞ。見た目はともかく、性格は男なんて下に見てお高く止まってるかもしれんぜ」

ふん、と鼻を鳴らしながら吐き捨てる上司の男に、部下は口を尖らせて抗議した。

「そういう男の夢を壊すようなこと言わないでくださいよ、オーウェン騎士団長」

「ローゼンブルグって聞くと嫌なこと思い出してイライラするんだ。仕方ないだろ」

「あー、ローゼンブルグの女性にフラれたって話、本当だったんですねえ。まだ未練たっぷりって感じ」

「うるさいな。さあこれからって時に気持ちをぶった切られて納得できる男がいたら連れて来いよ。ああ、弄《もてあそ》ばれた気分でイライラする」

「団長を弄《もてあそ》ぶような女性がいるなんて、僕はわくわくしますけどねえ。あー、お近づきになりたい。でもローゼンブルグの女性にハマると抜け出せなくなるって言いますからねえ」

「……はあ。そんなことより、こっちの会場の警備のほうは……」

さくさくと警備の話に戻した上司と部下の騎士二人は、ロミ達とは反対方向へ打合せながら歩き去って行った。

イーグルトン帝国皇帝ナサニエル・アンタレス・イーグルトンの在位三十周年記念の式典が、

イーグルトン正教会で厳かに行われた。

式典に参加できるのは皇族と伯爵位までの上位貴族と国賓のみだが、ロミたち薔薇騎士隊は女王ハリエットの貴賓席の背後に警備のために侍り、式典が滞りなく行われるのを見守った。

皇族席に座っている波打つ長い黒髪の正装した男性が座っている。ナサニエル帝の長男、第一皇子マクシミリアンだろう。弟の皇子二人はまだ成人前のため公式行事には参加していない。

第一皇子マクシミリアンは亡くなった皇后似の濡れ羽色の波打つ長い黒髪と涼やかな水色の瞳をして、悩ましい垂れ目が特徴の非常に見目麗しい魅力的な男性だった。

文武両道のなかなか優れた能力の持ち主らしい。まあ身分の高い人間は処世術として裏表のある性格が多いため、ロミが事前に読んだ紳士録に書かれたことが全てかどうかわからないが。

ロミが警備に不備がないか周囲を見回して観察していると、ナサニエル帝の側に通常のイーグルトン騎士団員とは違う、全身銀の鎧兜を身に纏《まと》って皇帝の通るレッドカーペットの左右に立つ騎士らが目に入った。

――あれが皇帝陛下直属の精鋭部隊「銀の騎士団」か。先頭の一人だけ房飾りの色が違うから、彼が総団長どのの仰っていたオーウェン騎士団長かな。

銀の騎士団は全身鎧で兜をしっかり被っているため顔が見えない。顔がいいと総団長が言っていた御方だから、面食いのロミはちょっと気になってしまう。

この地に到着したのが昨日だったため、挨拶もできなかったけれど、このあとの夜会でその機会もあるかもしれない。

レッドカーペットを挟んだ両サイドから、銀の騎士たちは儀礼用の剣をすらりと抜き放ち、向かい合った騎士同士で中央に剣を向けて先を交差させる。

合わせ終わると胸元に柄を両手で抱え、剣を鞘に戻して騎士の儀礼を完了する。騎士の国イーグルトン帝国における儀式の際に行う定例のものなのだそうだ。

一部の遅れもないきびきびとしたその動きは、会場中の注目を浴びていた。

――これが音に聞く騎士の国イーグルトン。本当にわがローゼンブルグとは何もかも違う。

ロミはその光景を見て一糸乱れぬ動きの銀の騎士団を美しいと感動して眺めていた。

中央のレッドカーペットの上を、正装のナサニエル皇帝が司祭の元に歩いてゆく。ナサニエル皇帝は炎のような赤い髪に冠を乗せ、礼服の上に豪奢なマントを身に纏《まと》って杖を手に司祭の前に立った。

その後、司祭による式典開始の宣言、ナサニエル皇帝への長い祝辞と長い祈祷が厳かに行われる。

ローゼンブルグを含む各国の祝辞と贈答品の目録の読み上げのあと、ナサニエル帝がたくさんの祝辞に対する礼とイーグルトン皇帝としての今後の抱負などを語り、多くの拍手が贈られた。

そうして皆に祝福されながら、記念式典は滞りなく終了した。

式典が終わるとその夜は祝賀会だ。裏方に休む暇などないのと同じで、ロミもまたうんざりしていた身体磨きが入念に行われ、騎士の礼服に着替えて身支度が整う頃にはぐったりしていた。

「ロミ。社交界は戦場と同じ。戦う前から負けていては薔薇騎士の名折れです。しっかりなさい」

「は、はい！　申し訳ありません！」

――そうだ、騎士ではない女王ハリエットは華奢な身体をしてこのようなことを即位してからずっとやって来ているのだ。女王陛下より体力のある私がへこたれてどうするんだ。

疲れた顔を女王ハリエットに一喝されてようやくロミは復活した。

そんなロミの姿を見て、ハリエットは彼女の母であるノエミを思い出し、ノエミもまた娘のロミと同じように身支度でヒイコラ言っていたなあと思ったが、そこはロミには黙っておくことにして、ロミの差し出す手を取って彼女のエスコートで会場に向かうのだった。

「ローゼンブルグ王国女王、ハリエット・マレリオナ・ローゼンブルグ陛下のご入場」

呼び出しの声に、目の前の扉が開けられ、会場にいたイーグルトンの貴族たちが皆一斉にこちらを見る。おそらく先ほどの式典には参加していなかった貴族たちだろう。

朝から専任メイドたちが腕によりをかけて磨き上げたハリエットは、月の光をかき集めたかのような銀の長い髪を結い上げて、その雪のように白い肌を包む地母神のシンボルカラーである緑と金色をあしらった上品なドレス姿で現れた。

そしてその隣には、女王をエスコートする騎士の礼装をした薔薇騎士隊長ロミと、二人に続いていく同じく礼装をした薔薇騎士隊員たち。

凛として美しい薔薇騎士の女性たちと、さらに齢三十九にして絶世の美を誇るハリエットの魔的な美貌に、招待客らは皆息を飲む。

「あれが音に聞く『麗しの国』の女王陛下」

「気高く、美しい……！」

「それに見てくださいまし。殿方のようにエスコートする女性騎士様たちの麗しいこと」

「誰だ、山岳地帯の山猿女だと言った奴は。全く正反対の美しさではないか」

「あの美貌に嫉妬したイーグルトンの女が流した噂だろ。噂などあてになるものか」

ローゼンブルグ一行を見るイーグルトン帝国の貴族たちはそれぞれ彼女らを賞賛している。少々バツの悪そうな顔をしている婦人たちは、その山猿女と揶揄していた人々かもしれない。

山猿女とは言い得て妙である。女系国家ローゼンブルグは山岳地帯にある土地で、活発な女の子たちの遊び場はもっぱら山林の中。木々の間を駆け抜け、枝から枝へと飛び渡ったりするような身軽に身体を動かすものばかりだった。

それはローゼンブルグ女性騎士の訓練の基本中の基本だ。よって薔薇騎士隊は身軽で空中戦を得意とする者が多いのだった。

それを考えると女王ハリエットは吹き出したくなってしまうのだが、それを長年の経験から鉄面皮に隠して冷徹な表情を崩さず、その美貌に口元のみ涼しい笑みを浮かべて通り過ぎる。

その傍らで、女性にしては上背がありすらりとした体型を騎士の礼装に包み、笑みをたたえながらまるで貴公子然として女王をエスコートするロミはまさに男装の麗人のごとく見えただろう。

だがイーグルトン帝国のような大国の社交の場にてこのような大役、二十一歳というまだまだ青いロミは内心ガッチガチに緊張していた。

――落ちつけ私。転んだりして無様な姿を晒したら女王陛下の顔に泥を塗ることになる。

ロミは自分に言い聞かせながら、口元は笑顔でも目は全く笑っていない場合ではないような表情で、それでも何とか無事に会場入りを果たした。

招待客が集まり、満を持して登場したのは、イーグルトン帝国第十二代皇帝ナサニエル一世と第一皇子マクシミリアンだ。その後ろに皇帝直属の精鋭部隊「銀の騎士団」と呼ばれる騎士たちがずらりと並ぶ。

シンと静まり返る招待客たち。その静寂の中、ナサニエル皇帝は祝賀会の開催を宣言した。

「皆、我が帝位三十周年を祝いに集まってくれて感謝する。ここまでこれたのも、皆が未熟な私を支えてくれたお陰だ。ありがとう。この夜会は皆への感謝の気持ちである。存分に楽しんでくれ」

ナサニエル帝の言葉を合図にオーケストラが音楽を奏で出す。舞踏会の始まりである。

本来なら皇帝が最初のダンスを踊るはずだが、ナサニエル帝は今現在独り身のため、その役は第一皇子マクシミリアンが行うらしい。

その瞬間、周りの令嬢たちの第一皇子殿下、第一皇子殿下という黄色い声がそこかしこから聞こえてくる。

――ふうん、人気あるんだ。確かにあの甘いマスクには令嬢たちもたまらないかもしれない。

ロミは件のマクシミリアン第一皇子に目を向けた。

彼は二十三歳という年齢だがまだ婚約者は定められていないとのことなので、あの令嬢たちは第一皇子妃候補たちなのだろうと思われた。

自分を賞賛する声にニコリと笑いかけてさらに黄色い声を浴びながらくるりと見渡した第一皇子は、ローゼンブルグ女王ハリエットの居る貴賓席のほうを見て、最終的にロミと視線が合った。

ローゼンブルグの女性騎士は見慣れていても、本日女王に侍るロミのような見慣れぬ若い女性騎士がいると気付いたのか、第一皇子はしばしロミを見つめたかと思うと、急にバチッとウインクをしてみせたのだ。

「……っ！」

急にそんなことをされてギョッとしたロミは、どう反応したらいいのか迷った結果、深々と頭を下げることしかできなかった。ドキドキしながら顔を上げると、第一皇子はもうロミのほうは見ておらず、黄色い声で集まってきた令嬢らに囲まれて嬉しそうな笑みを浮かべて談笑していた。そのうち一人の令嬢の手を取り、広間の中央でワルツを踊り始める。

――まあ、第一皇子殿下が一介の騎士風情を気にかけることなんてほぼないものね。あのウインクは第一皇子殿下の社交の一つなのかもしれない。

そう考えるとなんてお洒落かつ茶目っ気のある社交の方法なのだろうと、少しだけ和んだ。

ふと射貫くような視線を感じてロミはびくりと身体が強張った。薔薇騎士隊はローゼンブルグ女王を守る近衛騎士だ。悪意を察知できるよう常に精神を研ぎ澄ましている。

しかし悪意ではないものの、強い瞳で見つめられている感覚にぞわりと毛が逆立つような気がしていた。

一体どこからだろう。

悟られないように警備の任務を遂行しているていで何気なく周囲を見回す。

ふと、皇帝ナサニエルに侍る銀の騎士団が目に入った。銀の騎士団は先ほどの式典のような全身鎧ではなくイーグルトン騎士の礼装をしていて、それぞれの騎士の顔がよく見えた。

その中の一人、視線を感じるほうに目をやり、その人物とバチリと目が合った瞬間、ロミは再び硬直してしまった。

ふわりとした見事な金髪に、非常に美しく整った顔立ち、夜空のような瑠璃色の瞳。背が高く服の上からでも分かる筋肉質な肉体を持った、まるで神話の中から生まれたかのような美丈夫。

強い瞳にあてられて、このままでは目が潰れるような気がして、ロミは思わず目を逸らした。

――あれは、彼は、ジュリアン？

ひと月前に、ロミがこの国に旅行で来ていた夜、一期一会、旅の思い出と割り切り、一夜の戯れの相手だったジュリアンによく似ていたから驚いた。

――……いや、まさか。

馬鹿な考え、とロミはそれを否定する。ジュリアンという男とあの銀の騎士は雰囲気がまるで違う。ラフな服装で市井の酒場に居た傭兵風な男ジュリアンと、宮殿で礼装をし、皇帝直属の騎士を務める御方と、どうやって結び付ければ良いのか。

他人の空似だ。人違いだ。そう思うのに、あの男神のような美貌が二人といるものだろうかという疑念も湧いてくるわけで。

刺すような視線はなかなか止まず、再び恐る恐るそちらを見遣ると、彼はまだこちらを見つめていた。それも先ほどとは違い冷淡な目付きで。

蛇に睨まれた蛙になった気持ちで目を逸らせないでいると、ロミを呼ぶ女王の声でようやく我に返ってそちらを見た。

「ロミ、皇帝陛下にお祝いの挨拶に行くわ。エスコートしなさい」

「え、あ、あの」

「どうしました？」

ハリエットの要求にロミは戸惑う。ナサニエル帝の側にはあの騎士が侍っているので、ナサニエル帝のもとに行くとなれば、あの騎士と間近で対面することとなる。

彼がジュリアン本人であったら何だか気まずい。しかし本人であろうとなかろうと、そもそも何故か睨みつけられていてさらに気まずい。

一体何かしただろうか。女王陛下のお咎めはないので何をやらかしたのか分からない。

ロミが言葉を詰まらせていると、女王が訝《いぶか》しむようにロミに再び尋ねた。

「ロミ？　どうしました？」

「あっ……いえ、申し訳ありません。ま、参りましょう」

「そなた少し変ですわよ。皇帝陛下にお目にかかるのに緊張しているの？　こういうことも今後のために慣れていきなさい。そなたは薔薇騎士隊長なのですから」

「は、はい肝に銘じます」

「では参りますわよ」

ハリエットが差し出した手を取り、ロミは覚悟を決めて会場の奥にある玉座に座ったナサニエル帝のもとに歩いて行った。

ローゼンブルグ女王の登場とあり、皇帝に挨拶をするために並んでいた貴族たちが場を開けてくれた。それに笑顔で会釈をしたハリエットは淑女の礼をしてナサニエル帝に祝辞を伝えた。

「帝国の太陽、皇帝陛下にご挨拶申し上げます」

「やあハリエット女王、久しぶりだな。来てくれて嬉しいよ」

「この度は帝位三十周年、おめでとうございます。今後とも友好国として末永くお付き合いいただけると我が国も幸いでございますわ」

「もちろんだ、女王。貴女の国の助けなしではここまでこれなかった。感謝する」

「こちらこそですわ」

「それはそうと、今日のエスコート役はノエミ・リフキンド卿ではないのだね」

ナサニエル帝が視線をロミのほうに向けた。代替わりする前は女王のエスコートは母のノエミがしていたので、ナサニエル帝はノエミのことを知っていたのだろう。

「ええ。代替わりしましたの。今後お目にかかることが増えるでしょうから紹介しておきますわ。彼女はロミ・リフキンド卿。ノエミの娘で、現リフキンド侯爵であり、歴代最年少の薔薇騎士隊長ですのよ」

女王に紹介されたロミは、ナサニエル帝に向かって深々と頭を下げた。

「皇帝陛下にご挨拶申し上げます。ロミ・リフキンドと申します。若輩者ですが、全身全霊で努めて参ります」

「いや、貴方は母君によく似ている。このハリエット女王が認めたお方だ。自信を持つといい」

「ありがとうございます」

「では、息子は今ダンス中だから、我が精鋭部隊を紹介しておこう。オーウェン卿、こちらへ」

皇帝に呼ばれた男が一歩前に出た。ロミはその名に聞き覚えがあった。

確かイーグルトン騎士団総団長が言っていた、銀の騎士団長の名前だ。

そう思って顔を上げるとナサニエル帝のもとにやってきたのは、なんと先ほどからロミを睨みつけていた、見事な金髪に夜空のような瑠璃色の瞳をした美丈夫だったので、ロミは思いがけず硬直した。

近くで見るとますますあの夜の彼を思い出す。いや、しかし彼と彼を結びつけることがどうしてもできなくて。

そのように悶々としていたロミをよそにナサニエル帝の話は続く。

「彼はジュリアン・オーウェン伯爵。我が精鋭『銀の騎士団』の団長だ」

その名を聞いてロミは青くなって言葉を失う。顔面蒼白となったロミに、件のオーウェン騎士団長は勝ち誇ったような笑みを見せながら、ロミに一礼をした。

「ご紹介にあずかりました。私はジュリアン・オーウェン。銀の騎士団長に任じられております。女王陛下、リフキンド卿、初めまして。お目にかかれて光栄です」

その声はあの濃い一夜に耳元で散々聞かされたあの声とほぼ同じ。「初めまして」の言葉に一縷《いちる》の望みを抱いたロミだったが、目の前の彼は、ロミにしか聞こえない声で一言呟いたのだ。

「初めまして、……この姿ではね」

——いや、やっぱりご本人でした、女神様……！

他人の空似でいてほしいというロミの希望的観測は、見事に打ち砕かれた。

彼は、あの濃密な夜を共にしたジュリアンその人だったのである。

ロミがその事実に冷や汗をかいているのを、オーウェン騎士団長……いや、ジュリアンは目は全く笑っていない笑顔で見る。まさに蛇に睨まれた蛙であった。

「オーウェン卿は自由民出身ではあるが、まだ十代後半だった頃からイーグルトン郊外の魔物討伐に参加していてね、我流だったが剣術のセンスが良かったから、師匠をつければきっともっと強く活躍できる騎士になれると思って、私がスカウトしたんだよ」

ナサニエル帝が嬉しそうに銀の騎士団長ジュリアン・オーウェン伯爵を紹介する。

皇帝自身も歴戦の騎士であるためか、彼は部下を選び採用する際に貴賤《きせん》や血筋よりも実力を重要視する傾向にある人であった。

人を見る目があるので、彼が選んだ人物は元の身分が低くても皆立派な地位についているらしく、ジュリアンもその例に漏れなかったそうだ。

「特に彼はまるで、砂漠の砂の中で見出した砂金の大粒のような希少な存在だったよ。初めて会ったときはまだ少年兵だったが自分の数倍はある魔物をあっという間に倒してしまった。これはとんでもない逸材だと思ったのだ」

「陛下にはそのころから大変お世話になっております。天涯孤独の無名の一兵卒からここまでの地位に引き上げていただき、感謝してもしきれません」

「謙遜するな。お前は努力家だ。才能があっても努力がなければ人はついてこない。お前は自由民の星なのだ。これからも精進せよ」

「は、もったいなきお言葉です、陛下」

ナサニエル帝によるジュリアンの武勇伝を聞かされているこの状況、一体どうしたらいいのだろうかと、ロミは愛想笑いをするほかはない。

というか、ロミは今更ながら、イーグルトン帝国の太陽・皇帝ナサニエル一世の寵愛を受けた銀の騎士団長と、ひと月前にあーんなことやこーんなことをやらかしてしまったのかと、穴があったら入りたい状態であった。


「まあまあ、随分と可愛がっていらっしゃるのね、皇帝陛下。まるで息子のように」

ハリエット女王が口元を扇で覆いながらそんなことを言った。貼り付けた笑顔で言うその言葉にはやや棘《とげ》がある。

確かに、女王そっちのけで秘蔵っ子の部下自慢をされたのでは、女王も面白くないのかとロミは一瞬思ったのだが、女王の言葉を反芻《はんすう》すると「まるで息子のように」という言葉に若干の棘《とげ》があった気がした。

その意図に気付かないナサニエル帝ではなかったらしい。彼は苦笑しながら頭をぽりぽりと掻いてバツが悪そうに言う。

「女王、貴女の言いたいことは痛いほどわかっている。いや、別に実の息子らが可愛くないわけではないのだ。もちろん愛しているが……特に長男のマクスは天賦の才がある実力者だが、何事もさらっとできてしまうが故に努力というものを知らない。もう少しオーウェンを見習ってほしいと思っていてな」

「……皇帝陛下。私は子を持つ親ではありませんせん故、口を出す権利はございませんが、もう少しマクシミリアン第一皇子殿下を評価して差し上げてもよろしいのではなくて？　天賦の才、よろしいじゃありませんか。貴方様譲りの立派な実力ですわよ」

「……そうだな。女王の言う通りだ」

ロミは一連の話の流れを感慨深く聞いていた。

天才肌、天賦の才を持つマクシミリアン第一皇子と、幼い頃から我流の技で実践を重ねて、叩き上げで今の地位に就いたジュリアン・オーウェン騎士団長。

カリスマがあるのはマクシミリアンかもしれないが、ジュリアンには、自由民たちが「自分たちも頑張ればああなれる」という憧れや希望がある。

天才と努力の人、民の支持を得るのは確かに後者かもしれない。ナサニエル帝はマクシミリアン第一皇子にもそうなって欲しいのだろう。だがなかなかうまくいかないゆえに、こうしてナサニエル帝が考える優秀な方、ジュリアンを贔屓してしまうのかもしれない。

ちらと見ればジュリアンも困ったように眉根を寄せている。自分が評価されているのは嬉しいが、こうしたナサニエル帝のあからさまな贔屓は彼も少し思うところがあるのかもしれない。

一方でフロア中央では美しく着飾った先ほどとは別の令嬢と、ワルツの三拍子に合わせて優雅にダンスを楽しむ、令嬢よりも美しいマクシミリアン第一皇子の姿があった。

セクシーな垂れ目で妖艶に微笑みながら楽し気にワルツを踊る姿からは、実の父親である皇帝にあまり目をかけられておらず燻《くすぶ》っている雰囲気は微塵も感じられない。

しかし上に立つ者というのは下の人間には計り知れないような重圧を感じても、それを笑顔の仮面で徹底的に隠す術を幼少から学ぶらしいので、あの姿が彼の全てではないのだろう。

気を取り直したように、ナサニエル帝がハリエット女王に話しかけた。

「いやあ、変な話になってしまったな。気を遣わせて申し訳ない。どうだ、女王。踊らぬか」

「……ええ。喜んで」

ナサニエル帝が差し出した手をハリエット女王がそっと取り、そのままナサニエル帝のエスコートで広間の中央に二人はワルツを踊りに行ってしまった。

主君がダンスや社交に行っている間は、騎士というのは壁際に邪魔にならないように立ち周囲と主君を交互に見ていなければならない。

その間、ロミの隣にはナサニエル帝を見守るジュリアン・オーウェン騎士団長が無言で立っている。非常に気まずい。

『こちらこそ初めまして。ロミ・リフキンドと申します。よろしくお願いいたします』

あの後、何事もなかったかのように自己紹介したロミ。ナサニエル帝とハリエット女王は気付いた様子はなかったが、今頃になってあの白々しい受け答えに自己嫌悪する。

あの時のジュリアンは社交的な笑みを浮かべていたけれど、その瑠璃色の目は全然、全く、これっぽっちも笑っていなかった。

知り合いだと言ったところで困ることはなかったのに、あの濃厚な夜を思い出してつい初対面の振りなんてしてしまった。さすがに気まずい。

『やあ君はジュリアンじゃないのかい、久しぶりだね』

これで済んだ話だ。

彼の姿のギャップに混乱し、慌てすぎてスマートな言葉が出てこなかった。

あのはだけたシャツにトラウザーズ、カラフルな腰帯に革ベルトと使い込んだ剣を帯びた傭兵のような姿だった彼が、今はばっちり軍服の礼装をして、髪の毛もきっちり整えている。これはまるで貴公子だ。いやこれが本来の彼なのか。あの夜とは全然印象が違うじゃないか。

オーウェン伯爵、と言っていた。リフキンド家は侯爵家だが、イーグルトン帝国のような大国では伯爵家は、ローゼンブルグの侯爵家と規模は同程度かもっと上なのかもしれない。

そんな彼が騎士団長とは。そういえば、あの夜の乱闘で警備隊に顔が利くなどと言っていた気がすると、ロミは思った。

皇帝陛下直属の精鋭「銀の騎士団」の団長ならそりゃあ顔が利くに決まってる。その時に気付くべきだったのかもしれない。

――でもそんな貴族の騎士団長があのような市井の酒場にいるなんて普通思わないから！

そして、彼はロミに対して何かとんでもなく怒っている。

――何だろう、何かやらかしたかな。挨拶もなしに帰ったことかな。それならちゃんと置き手紙をしていったのに、もしかして読んでいないのかな？

すぐ隣にいるというのに会話なんて全くしていないし、ジュリアンからも一言もない。

――何か話した方がいいだろうか。いや、でも今は勤務中だし……

「オーウェン伯爵様、お願いがありますの」

「オーウェン騎士団長、わたくしと一曲踊ってくださらないこと？」

「ちょっと、抜け駆けはやめていただける？　わたくしが先に話しかけたのですわよ！」

「そんなこと関係ないでしょう？　決めるのはオーウェン様ですわ」

「オーウェン様、どちらとダンスしてくださいますの？」

「わたくしを選んでくださいまし」

「いいえ、わたくしをどうか」

可愛らしい二人の令嬢がジュリアンをダンスに誘ってきた。

パートナーのいない令嬢はこうして騎士を相手にダンスを楽しむこともある。宮殿に出入りする上位騎士ともなれば、ダンスくらいは必須であるのはどこの国も同じ。ロミたちローゼンブルグの騎士たちも訓練のほかにダンスレッスンをさせられていた。

騎士の国と称されるイーグルトン帝国の、大柄で無骨な騎士団員がダンスレッスンをしている様子を想像すると何だか微笑ましい気がする。

ジュリアンはあの美貌だ、こうした夜会などでは令嬢たちには引っぱりだこのようである。

ロミはそのことに何だか胸がモヤモヤとしていた。

——はいはい、よくおモテになっていらっしゃる。いっそ順番を決めて両方とダンスをして両手に花、とかやっていればいいのに。

――イーグルトンの貴族は金銭面での余裕があれば側室を迎えることもあると聞いたことがあるし、もうこの二人の可愛らしい令嬢たちと結婚してしまえ。皇帝陛下直属の精鋭「銀の騎士団」で伯爵位なら令嬢二人養うくらい余裕でしょうに。って、私は何をクサクサしてるんだ？

「勤務中です。ご遠慮いただきたい」

ロミが一人で百面相をしていると、ジュリアンはにべもなく淡々とした口調で二人の誘いを一刀両断してしまう。ロミは思わずそちらを見て口をぽかんと開けてしまった。

――言い方！

断るにしても、残念ながら勤務中なのでご理解下さいとか、私などよりもほかの御令息が貴女を待っていらっしゃいますよとか、もっと言い方があるだろうに。

素直なのはいいことだけれど、女性は繊細なんだから、もう少し配慮をしたほうが角が立たないのに、と、ロミは思う。

ここはひとつ言ってやらねばと思い、オーウェン騎士団長と呼ぼうと声を出しかけた瞬間、向こうからゆったりとした柔らかなバリトンの声がかけられた。

「おやおや。オーウェン騎士団長はレディに辛辣だなあ」

そちらを見ると、今しがたどこかの令嬢とダンスを終えてフロアからはけてきたマクシミリアン第一皇子だった。笑顔がまぶしい。

「もう少し配慮しないと泣いてしまうよ？　ほら、今にも泣きそうだ」

そう言ってジュリアンにダンスをせがんでいた令嬢たちの顔をのぞき込む。セクシーなたれ目に見つめられて令嬢たちは顔を真っ赤にしている。

そこかしこで令嬢たちのひそひそ話す声が聞こえて来た。

「マクシミリアン第一皇子殿下とオーウェン騎士団長が並んでいるわ」

「なんて素敵……さすがイーグルトンの宝石のお二人ね」

――イーグルトンの宝石？　二人にはそんな異名があるのか。

たしかに宝石と称されてもいいくらいの美貌と完璧な肉体をお持ちの二人だけれども。

「……職務を全うしていただけです。第一皇子殿下はどうぞお気になさらず」

「そうは言うけど、もう少し気を抜いてレディたちとの交流をすればいいのに。君、顔『だけ』は良いんだからさ」

柔らかな口調で毒づいた第一皇子にロミはギョッとする。ジュリアンに顔だけ男というレッテルを貼るとは、第一皇子と銀の騎士団長は仲が良くないのだろうか。

ふとロミは先ほどのナサニエル帝の話を思い出した。もしかして、ナサニエル帝の贔屓的なジュリアンへの接し方を第一皇子も感じていて、それでジュリアンのことをあまり良く思っていないのかもしれない。

ジュリアンに迫っていた二人の令嬢は、この二人のやり取りに責任を感じているのかオロオロとしている。

ジュリアンは静かな目で第一皇子を見つめてから、おもむろに口を開いた。

「……騎士が職務を放棄したら皇族はおろかこの場にいる全員のお命に関わる事態になります。そのような無責任なことはできません」

「あー、固いなあ。そう思わない？　ねえ、薔薇騎士隊長どの？」

第一皇子が急にロミに話しかけてきた。隣でやり取りを聞きながらも我関せずを貫いていたロミだが、第一皇子を無視するわけにはいかない。

遠くで見ていた式典の時とは違い、間近で見ると身体は騎士らしく逞しいが、顔はかなり女性的で妖艶な美貌を持つ男性だと思った。あの垂れ目の流し目で見られたら、ウブな令嬢はコロッと虜になってしまうだろう。

ジュリアンとはまた違った感じのマクシミリアン第一皇子の美貌に見つめられて、なんだかんだと面食いなロミはほんのり頬を染めてしまう。

「ねえ君ってローゼンブルグの新しい薔薇騎士隊長だよね？　女王陛下の隣に若くて美人な女騎士がいるなあって気になってたんだよ。名前は？」

「……このような一騎士を目にかけてくださり至極光栄に存じます、第一皇子殿下。ローゼンブルグ騎士団薔薇騎士隊長ロミ・リフキンドと申します。前薔薇騎士隊長ノエミ・リフキンドの娘にございます」

「へえ。そうなのか。リフキンド卿、こうして知り合ったのも何かの縁だ。僕と一曲お相手願えないかな」

キャー！　と周囲から悲鳴じみた声が発せられる。

「何なのあの女騎士、まさか第一皇子殿下と踊るの？」

非難めいた声、わざと聞こえるように言っているのだろうか。

――突如として注目されて困っているのは私だ。

この流れでどうしてダンスなどに誘われるのか理解に苦しむ。セクシーな垂れ目でにこやかな微笑みを浮かべる第一皇子にロミは戸惑った。

第一皇子の周りにいる貴族女性たちの視線が痛い。ロミには男性のことはよく分からないが、モテる男性はこういう時に一人だけ誘われて注目を浴びた女性が、周囲の嫉妬に肩身の狭い思いをしていることをわかってくれない気がする。

「その、殿下のお誘いは大変光栄なのですが、オーウェン騎士団長の言うように、私も勤務中でございますので」

「断るの？」

「失礼よね」

ロミの言葉に、非難めいた声がまた聞こえてきた。誘われたら非難されて、断っても非難されて、一体どうしろというのか。

「オーウェン騎士団長が見張ってるんだから、君一人くらい少しの間抜けても問題はないだろう？」

「……」

名を出されてジュリアンは少し咎めるような目で第一皇子を見た。

「恐れながら、殿下。遠慮なさっているのを無理に誘うのはいかがなものかと思いますが」

「君、何言ってるの？　女はしつこいくらい情熱的な男が好きなんだ。ねえロミ隊長？」

――リフキンド卿からロミ隊長に呼び名が変わるのが早い。何だろうこの皇子の馴れ馴れしさは。

ねえ、と同意を求められても何と答えればいいのか。

ジュリアンとマクシミリアン第一皇子の言い合いに驚いたのか、先ほどの可愛らしい令嬢たちはいつの間にかいなくなっていて、ロミは「なんかずるい」と思ってしまった。

「ほかはどうかわかりませんが、私は本日殿方とダンスを踊れる服装をしておりませんゆえ」

今日は女王ハリエットのエスコート役兼護衛なので、ロミはもちろん騎士の礼服を着ているため、この格好で男性と踊るのは無理があるし、きっと笑われてしまうだろう。男役ならまだしも。

このような公の場かつ、衆人環視の中でそのような失態をするわけにはいかない。

だがそれでもまだ第一皇子は食い下がる。

「着替えればいいじゃないか。ドレスぐらい宮殿で貸すし、君はきっとドレスも似合うと思うよ」

「そういうわけにも参りませんのでどうかご容赦ください。殿下のお気持ちだけ頂いておきます。お気遣いくださりありがとうございます」

とにかく穏便に、と思いながら、笑顔を絶やさずに対応する。ここで第一皇子を怒らせて外交問題に発展させるわけにはいかない。それに任務を放棄するわけにもいかない。

するとさすがにマクシミリアン第一皇子は肩を竦めて「分かった」と諦めてくれた。あまり食い下がり過ぎると無様に見えてしまい、貴族たちの前で格好がつかないからだろう。

仕方ないといった様子で「ではまた」と言って手を振り、第一皇子はロミに再びウインクをして歩いて行った。

嵐のような人だと思いながらため息を吐いて、ちらりと横を見ると、相変わらずの仏頂面をした、それでも変わらぬ美貌のジュリアンがロミをじっと見ていた。

視線に耐えられないと思って目を逸らしたところで、ダンスを終えたナサニエル帝とハリエット女王がロミたちの元に戻って来た。

正直、ここで戻って来てくれて本当に女王に感謝である。ロミの疲れたような顔に気付いたのかわからないが、ハリエットはもう貴賓館に戻ると言い出した。

「この年齢になると夜遅くまでの夜会は無理ですわね。皇帝陛下もこれで引き上げてあとは皆に任せると仰っていたし、私もそろそろ戻って休みますわ」

「そ、そうですか！　ではお供いたします！」

いきなり張り切り出すロミに苦笑したハリエットは、ナサニエル帝に挨拶をしてロミに手を差し出した。

その手を恭しく取り、ロミはここに来たときと同じように女王をエスコートして貴賓館に彼女を送り届けた。

一刻も早くあの緊張した場から抜け出したかったので、女王の提案は正直ものすごくありがたかった。


それから約半刻後、目の前にあの夜見たままの男神の化身のような美貌と、黄金色の髪に夜空のような瑠璃色の瞳が再びロミを間近で見つめている。というより睨みつけている。

ロミはあのあと、貴賓館に戻った女王ハリエットを侍女長に任せた。そのあと別の薔薇騎士隊員と護衛の交代をしてから部屋に戻るつもりが、何だか落ち着かなくて行き来を許されている宮殿の中庭のほうまで散歩に出ていた。

中庭といってもそこはやはりイーグルトン帝国、大庭園にも等しい大きさで、初夏の心地良い夜の散歩にも快適なように、色とりどりの季節の花が魔石照明にてライトアップされていた。幻想的でとても美しい芸術品のような庭園だった。

そこをひと回りすれば少しは落ち着いてくるだろうと思い、その美しい庭園に足を踏み入れたそのとき、何者かが不意にロミの腕を取り、通路の柱の陰に連れ込んだ。柱を背にしたロミの目の前、上背のある人物が柱に手を置いて彼女を見下ろしている。

咄嗟のことで何も反撃できなかったが、薄暗闇に目が慣れてきてようやくその人物の輪郭や特徴が見えてきた。

見事な金髪、瑠璃色の瞳、小麦色の肌。そして何より美術館で見た戦神が現実に現れたかのような絶世の美貌の男。

イーグルトン帝国ナサニエル皇帝直属の精鋭部隊「銀の騎士団」の騎士団長、ジュリアン・オーウェン伯爵その人だった。

その姿勢でいつまでも黙りこくるジュリアンに対し、ロミは何か話さなければと思い、へらへらと笑いながら話しかけた。

「ひ、久しぶり、だな、ジュリアン」

その言葉でロミが自分にちゃんと気付いていたことを知り、ジュリアンは怒りながらも口元を笑いの形に持っていく。

「どの口で言ってるかわかってんのか」

人は怒りが振り切れると、こうして笑えてくるのかもしれない。

やらかしたことは確実だがどのやらかしで彼が怒っているのかが不明だ。とりあえずこういう時は風になびく草花のように笑ってやり過ごすしかない。

「あ、はは、は……」

「俺に何か言うことがあるんじゃないのか？　ローゼンブルグの薔薇騎士隊長どのは、男を弄《もてあそ》ぶのがお好きらしい。大した悪女だな」

「そ、そんなことは」

「あるだろう？　被害者がここにいるじゃないか」

「え、ええっと……」

——被害って。一体何のことだろう。

彼はひと月前に初めて会って、色々あったあと、ロミにとっては忘れられない夜を過ごした相手だ。ロミは素晴らしい夜だったと思っているのだけれど、この男は被害に遭ったという認識なのだろうか。

そうでもなければ、彼の怒りの説明がつかない。ロミには全く心当たりがなかった。

ふと見ると、彼の片耳にはどこかで見たようなシンプルなシトリンのついた銀のピアスがついている。男性の耳には少々不釣り合いな女性物と思しきそれを見た瞬間、ロミの目は別のことで驚愕に見開かれた。

「ん、んうぅっ！」

「はっ、……ああ、ロミ」

ジュリアンが噛みつくようにロミの唇を塞いだのである。器用にロミの上着のボタンを外し、クラヴァットも解《ほど》いて床に落としたジュリアンの手が、シャツの中に侵入してきた。

「あっ……や、やめ、ジュリアン、あ、ああっ……」

「ああ、久しぶりに聞いたな、その喘ぎ声。めちゃくちゃ滾《たぎ》る」

「ばか、ばかっ……んうぅっ」

「んっ……ふ、第一皇子殿下にも言い寄られてたし、さぞかし気分が良かっただろうな。ああいうタイプが好みなのか」

「な、ちが……あ、ん、んぅっ」

罵る言葉も飲み込まれて弱々しい声がもれてしまう。突き飛ばそうと思えばできるのに、弛緩《しかん》の魔法でもかけられたみたいに、突き飛ばすどころかジュリアンの二の腕に手を添えるくらいしかできない。

口の中を蹂躙《じゅうりん》するジュリアンの舌が甘くてたまらないのは、彼が男神の摩訶不思議な力を持っているからではないか。

ひと月前に交わしたのと変わらない、彼の激しくて深いキスが気持ち良すぎて止めることができなかった。

そしてピアス。あれは、翌朝ジュリアンと過ごしたベッドで目覚めた際に片方失くしたと思っていた銀とシトリンの女性もののピアス。それが、今やジュリアンの片耳で鈍い光を放っている。

――何で彼が。

――何でここに。

――何でそのピアスを。

ジュリアンが大きく息を吐き出して離れた。その息吹が耳や頬に当たってやけに熱くてドキッとしてしまう。

そして気が付けばロミの腰あたりに何か固いものがあたっているのを感じて、一瞬わけがわからなかったが、そっと薄目を開けてジュリアンを見ると、ロミの肩口に頭を埋めて、若干息を荒くしているのが見えた。肩にかかる熱い吐息と腹にあたる謎の突起物の関連性を考えて、ロミは悟った。

——あの時のジュリアンと同じだ。でもこんなところでこんなこと……

「……ジュリアン、どうして怒っているんだ？　あの朝、挨拶もなく帰ってしまったことを怒っているのか？　礼儀が欠けていたことは悪かった。でも君は気持ちよさそうに眠っていたから」

「叩き起こせば良かっただろ」

「そんなことできなかったよ。でもちゃんと置き手紙をしたからいいと思って」

「置き手紙？　……ああ、あのけったくそ悪い紙切れ一枚の置き手紙か」

「けったくそ悪いって……」

「そうだろ？　何が『一夜の妻』だ。俺は一夜で終わらせるつもりなんてなかった」

「は……？」

「俺に抱かれながらうわ言みたいに『好きだ』『私は君のものだ』と言っていたくせに。あの朝目が覚めてもぬけの殻のベッドで絶望した俺の気持ちが分かるか、この薄情者」

「あ、あぁっ……！」

シャツに無遠慮に入り込んだジュリアンの手が、ロミの乳房を鷲掴《わしづか》みする。同時に肩口に埋めていた顔が首に近づき、ロミの首元にガブリと噛み付いた。

「痛っ……！　あ、あ、は……っ」

肉食動物が獲物の頸動脈を噛み切るみたいな状況に、身動きすれば本当に噛み破られるのではと思ってロミは硬直する。そういえばあの時と同じ場所を噛まれている。

胸をやわやわと揉まれ、首を噛まれて痛いのか気持ちいいのか分からなくなる。

——突き飛ばしてやめろと言えれば良かったのに、どうして私は抵抗できないんだろう。

ジュリアンはギリギリと歯型を付けてからようやく離し、その部分をベロリと舐め始める。まるでマーキングだ。

「あっ、あぁっ……」

「あれからずっと探してた。ロミというローゼンブルグの女戦士をしらみ潰しに探したのに見つからなかった。けど、それがまさか、薔薇騎士隊長で女侯爵だったなんてな。あんな乱れた姿からお上品な侯爵閣下だなんて想像もできなかったよ」

「そ、それを言うなら君だって……」

傭兵のような姿で市井の酒場にいたから、銀の騎士団長だなんて思わなかった。

「何が一期一会だ。初めまして、だと？　俺を弄《もてあそ》んで行きずりの男にして楽しかったか？」

——初めまして、を先に言ったのはジュリアンじゃなかっただろうか？　いやでも、今はそんなことは問題じゃなくて……

「……誤解だ、ジュリアン。……あ、あっ、いや、だめ」

ジュリアンの手が今度はロミの腰帯を緩めてトラウザーズの中に侵入してくる。下着もかき分けて性急に女性器にたどり着くと、その部分がいやに潤っていてジュリアンはニヤリと口角を上げた。

「いや？　だめ？　もうこんなに濡らしてやがるクセによく言う……！」

「んんっ……！」

ぬるぬると指を擦《こす》りつけられた後、膣穴に長い指がいきなり二本侵入する。内側を引っ掻き回してばらばらに動かしてくるため、ロミは思わずジュリアンの首に腕を回してしがみついた。

「や、あ、あぁっ……こ、こんなところで、ダメ……！」

「はは、もう気持ちいいのか？　しばらく会わない間に随分敏感になったたな」

「へ、変なこと言うな……っ、ね、ねえ、本当にダメだよ、誰か来たらどうするんだ……？」

「そうだな。だから声、抑え気味にな、ロミ」

——続けるの？　この状況で？

はくはくと戦慄《わなな》いて油断すると悩ましい喘ぎ声が出てしまうのを抑えるために、ロミはジュリアンの胸元に顔を埋めてしっかり抱きついた。

その間も膣に入れられた指はぐちゅりぐちゅりと出たり入ったりを繰り返していて、内側を指先で引っ掻くみたいにされると何とも言えない絶妙な部分に当たってロミは「ん、んっ」と呻きながらびくりとしてしまう。それを見たジュリアンがロミの頭上でふふっと笑う。

「ひと月前と反応が違うな。中も良くなってきたのか？　普段自分でも弄《いじ》ってるとか？」

そんなことするわけない、と答えたいのに出てくるのはくぐもった喘ぎ声だけ。仕方ないので頭を横に振るしかない。

「ふふ、そうか。そうだよなあ。ひと月前まで処女だったもんな。……もっと良くしてやろうか」

――これ以上どうするというのだろう。もうアレを入れるとか？

そう思ったロミだったが、ジュリアンは出し入れしている指はそのままに、同じ手の親指でロミの膣のわずか上あたりの突起をぐぐっと押し付け始めたため、思わずびくりと仰け反った。

「んあっ……！」

立ち上がって敏感になっている陰核まで刺激されてロミは押し殺していた声を思わず上げてしまった。自分の声に驚いて慌てて片手で口を塞ぐ。

ひと気のない物陰ではあるけれど、寝室でもない場所であられもない声を出すなどありえない。

だがこの強い刺激にこのまま声を上げずに堪えられるかどうかわからない。

手淫《しゅいん》はひと月前の行為でどういうものか知っていたけれど、まだ知らない方法があったなんて思いもしなかった。

「ここ、一緒にされるとたまらないだろ？」

「ジュリアン、それ、ダメ……やめて、声が……」

「ん、そうか……ロミ、こっち向いて」

呼ばれて思わず顔を上げると、ジュリアンに唇を塞がれた。驚く声も彼の口の中に飲まれる。

じゅるじゅると唇と口内を嬲《なぶ》られ、吸われ、下の方も陰核をぐりぐりと責め立てられながら強めに指を出し入れされていく。

「ん、んん、んんううっ……！」

鼻にかかったくぐもった声でひっきりなしに喘ぎ、ついにロミは背中をぞくぞくと這いまわる絶頂に上り詰めた。

びくびく震えてジュリアンにしがみ付きながら、膣圧で彼の指をぎゅうぎゅうと締め付け、彼の掌に潮を噴き出しながら絶頂したロミ。ジュリアンはそんな彼女の様子を満足そうに見下ろしながら唇を離した。

唾液まみれになりながら犬みたいにはあはあと舌を出して、息も絶え絶えなロミの真っ赤な顔が目の前にあれば、その表情だけでジュリアンのものはさらに、痛いくらいに勃起してきた。

「……ふう。ロミ、後ろ、向けるか？」

「え……あ、う、うん……」

身体を勝手に蹂躙《じゅうりん》されたにも関わらず、彼の言葉に逆らえずに言う通りに彼に背を向ける。

彼が何をしようとしているのかに気付いたので、ロミは意識か無意識か分からないまま、片手を柱についてもう片方の手で脱げかけていたトラウザーズをするりと落として腰をジュリアンに向けた。

自分から行為を促すなんてとロミは信じられない思いだったが、あんな風に身体を弄《いじ》られたら、次の快楽が欲しくて身体が疼《うず》いてしまう。それを解消してくれるのはジュリアンしかいないのだ。

ここで拒否したとして、こんなとろとろに疼《うず》いてしまった身体で彼から逃げられるかどうか。

むき出しの腰を両脇からがしりと掴まれた次の瞬間、後ろの方から股の間に熱くて固いものが触れたのを感じた。

「はっ……随分素直だな。自分から丸見えの尻突き出して、この、淫乱、がっ……！」

ひどい言葉を言われたのに、ぞくぞくしてしまう身体に、すぐに後ろからめりめりと挿入されていく。

「あ……あ……！」

まだ絶頂の余韻が残っている身体にいきなり指より質量のあるものが侵入してきて、ロミはそれだけでジュリアンを締め付け、再び絶頂した。

はしたなくも自分から行為を促したくせに、あの夜以来の感覚に、ロミは歯を食い縛りながらプルプルと小動物みたいに震えてしまう。まるで、待っていたかのような身体の反応。

ロミの柱についた手を、上から包むように握ってきたジュリアンが、ロミの肩に顎を乗せて、耳元で囁いた。

「……思い出したか？　ロミの処女を奪ったコレの感触。ああ、よっぽど欲しかったんだな、すっげえ旨そうに俺のに吸い付いてくる」

「ば、ばかぁぁ……何、言って……あ、はあ……」

「はは……じゃあ、動くから……声、抑えろよ」

「う、うん……ん、んんっ……！」

ロミの腰を押さえてジュリアンは腰を動かし始めた。

先ほどからの愛撫にすっかりと潤ってしまっている上、ジュリアン自身の先走りにて結合部分はあふれるほどの潤いのるつぼと化していた。

一度先端近くまで引き抜いておいて、すぐに根元まで埋める。焦らしと快感がない交ぜになって、ロミはひっきりなしに喘いだ。

「んひっ……っ、んううっ……！」

それでも歯を食いしばって声を我慢し、掌で口を押さえた。ジュリアンはロミのそんな姿にかすかに眉を寄せると、一度引いてから次の瞬間に勢いよく突き入れた。

「っ！　……んんっ！」

——奥、当たると、おかしくなりそう。そんな場所に感覚があることさえ知らなかったのに。

今回の交わりは痛みを伴わず、快楽だけをロミの脳に伝えてきて溺れそうになってしまう。

隘路《あいろ》を何度も何度も行き来する熱い雄茎に雁首《かりくび》でゴリゴリとえぐるように擦《こす》りつけられて、その度に軽く達してしまう。

——もう何度イッたんだろう。三回くらいまでは覚えているのに。

ロミの歯を食いしばった強い喘ぎに満足げに微笑むと、ジュリアンは先ほどまでのゆっくりした動作から、息もつかせぬほど速度を上げた律動へと移行する。

内壁を擦《こす》るような水音と肌と肌が当たる音、お互いの汗と体液の匂いが立ち籠めるのがひどく淫猥《いんわい》な情景だった。

ロミは間近に絶頂が迫っているのを感じていた。そこに早く行き着きたいのか、それとも我慢していたいのか、分からなくなってしまう。

「んっ……だめっ……！」

「は……何が……？」

「ジュリ、アン、も、もうこれ以上は……んんんっ……あっ、いやぁ……！」

「ふ、素直じゃないな、嫌じゃ、ないくせにっ！」

「うぁっ……！」

囁き声で会話しながらも律動の勢いを緩めないジュリアン、さらに全て分かっているような言葉責めにロミは図星を指されて、羞恥のために電流が走ったようにぞくぞくと身体を震わせた。そのために締め付ける力が急激に増し、それまで余裕を見せていた彼の眉が寄った。

「くっ……！　ロミ……！」

「だめ……気が、イく……！」

——もう何も考えられない。この行為はどうして人を本能だけの獣と化してしまうんだろう？

快楽に震えるロミの様子に、熱に浮かされていたジュリアンの身体にも電流が走った。そしていっそう強い突き上げを数度繰り返し、ロミの耳元にそっと囁いた。

「ん、ロミ……俺も、イキそう……」

「んっ……ジュリアン……」

色を含んで半分かすれたようなジュリアンの声と、耳にかかる息吹に、ロミの鼓動はドクンと一度大きく跳ね上がり、続いて今までにないほどジュリアンを締め付けた。

「う………くっ………!!」

全てを搾り取るかのようなロミの締め付けに、ジュリアンはこれが最後とばかりに思い切り突き上げ、欲望のままに熱い白濁をロミの奥に何度も吐き出した。

——熱い。身体の中が火傷してしまいそう。

弛緩《しかん》してずるずると崩れ落ちてゆくロミをジュリアンは後ろからギュッと抱きしめた。口の中にいつの間にか溜まっていた唾液を飲み込んでは息を整えるようにはあぁあと吐き出して昂《たかぶ》ったものを落ち着かせていく。

意識が飛びかけてヘロヘロ状態のロミを、後ろから頬にキスをして、ジュリアンが尋ねて来た。

「大丈夫か？」

「……もうっ……大丈夫じゃないよ……」

「ははは。……でも思い出しただろ、俺とのこと」

ジロリと睨むロミの目じりには生理的な涙がうかんでいる。

――本当にこの男はとんでもない場所でとんでもないことをしてくれたな！

このまま倒れてしまえればいいのだが、廊下の物陰であって寝室などではない。ちゃんと与えられた部屋に戻らねばならない。

ロミの目尻にキスを落として、滲んだ涙をぺろりと舐め取る仕草はまるで大型の犬のようだ。

そのままギュッと抱きしめてきたジュリアンは何故か安堵のため息をついた。

「はあ……ロミだ。夢じゃないよな？　本当にお前なんだよな」

「……一体今まで誰だと思って抱いていたんだ」

「ふふ、さあな。『初めまして』の知らない女かな」

「それは……あ、ふあっ……」

未だ繋がったままだったジュリアンのものがロミの身体からずるりと出て行った。その瞬間に太もものあたりまでどろりと粘性のある液体が垂れ流れてきた。

――ああ、拭かないと。こんな廊下の石畳の上に垂れ流したらここで淫らな行為を行ったのがバレてしまう。

そう思っていたら、既に身支度を整えたジュリアンがハンカチでロミのそこを甲斐甲斐しく拭ってくれた。それどころか動けないでいるロミの服装まできっちり整えてくれた。貴族はこんなことしない。まるで召使いのようだ。

「……それ、貴族の振る舞いじゃないよ」

「そりゃそうだ。俺は根っこが自由民だから。皇帝陛下から聞いたと思うが、俺はいわゆる叩き上げってやつだ。性根のところは庶民と変わらないさ」

「ああ、だからか……」

あの夜の傭兵や冒険者のようなラフな格好、市井の酒場にいたことも、きっと爵位をもらっても変わらない自由民時代の生活の一つなのかもしれない。

自由民からいきなり伯爵に叙勲されることは普通ではありえないので、やはり若い頃から皇帝ナサニエルに見出され、徐々に功績を上げて今の地位になったのだろう。いわゆる新興貴族というやつだ。

そういえば、ここ二十年くらいイーグルトン帝国は魔物の襲撃が多々あり、南方の蛮族との戦争も続いていたなと、ロミは今更ながら思い出した。

クラヴァットまで丁寧に結んでくれたジュリアンに感心しながら、ロミは視線を逸らした。

「……ロミ?」

「その、色々申し訳ない。あの夜のこと、翌朝のことで、君がそんなに怒っていたなんて知らなかったんだ。旅先の一時のことだと割り切っていたのは事実だけど、弄《もてあそ》んだつもりなんて全然なくて……その、良い思い出を作れたと勝手に思っていた。男性との付き合い方も良くわかってなかったのもあるし、本当に悪意はないんだ」

「……」

「君も同じ気持ちだと思ってたんだ。君にとっても旅人とのほんのひと時の戯れに過ぎないだろうからって。でも、君が気に障ったというなら、ああいうことってそんな気軽にしていいことじゃないんだね。……知らなかった。色々初めてで……」

「……ハア」

「ご、ごめん」

ため息を吐いて頭を抱えてしまった。

申し訳なさにしゅんとするロミに、ジュリアンはおもむろに彼女の身体を両腕で包み込み、彼女の肩に頭を置いて今一度深くため息を吐く。

「……俺、惚れたって言っただろ。騎士の中には娼婦との付き合いみたいに割り切った身体だけの関係のほうがいいって奴も多いが、俺はそうじゃない」

拗《す》ねたような疲れたような声で言うジュリアンに、心の底から申し訳なくなった。その言葉もその場限りの思い出づくりのための言葉としか思わなかった。彼を信じていたらこんなことにはならなかったかもしれない。

ロミは申し訳なさと愛おしさでジュリアンの背に腕を回して抱きしめ返す。宥《なだ》めるようにポンポンと背を軽く叩いてやると、ジュリアンはふと顔を上げた。

「ロミ、お前が好きなんだ。初めて会ったあの夜からずっと忘れられなかった。すごく会いたかった。……馬鹿だよな。ローゼンブルグの女にハマると抜け出せないぞと皆に言われていたのに」

「馬鹿なんかじゃないよ……」

「ああ……ロミ」

そして見つめあったあと、どちらからともなく唇を重ねた。

触れて離れてを繰り返す軽いキスでも、先ほどより甘く感じる。最後にチュッと吸い付いてから離れるとお互いに頬を染めながらクスクスと照れ隠しに笑ってしまった。

ふと彼の片耳のピアスが目に入る。

「そのピアス、もしかして」

「ん……？　ああ、お前の忘れ形見だ」

「形見じゃなくてただの忘れ物だろ。勝手に殺すな。でもどうして君が付けているんだ？　ふふ、女性物なのに変なの」

「そうか？　結構似合ってるだろ？」

「あはは、そうだね、君は綺麗だからそういうのも似合ってるよ。片方だけというのもかえって印象的だ」

ジュリアンはピアスに片手を添えて弄《いじ》りながら、くすっと笑った。

「あの夜が夢や幻じゃない証が欲しくてな。ずっと身につけていた。ロミの存在を感じたくて」

初任給で買った、デザインは可愛いが何の価値もない銀とシトリンのピアス。ロミの持っている方は、片方だけになってしまったのでジュエリーケースに入れて保管している。一対のピアスは、早く一対に戻りたくて、こうしてそれを預かっていたジュリアンに再び会わせてくれたのかもしれない。

「……ところで、さっきも避妊しなかったわけだが」

ジュリアンはバツが悪そうに話し出した。一応拭いてはもらったけれど、ロミの中はまだ先程出されたものが残っていて、少々ぬるついている。

「もう既成事実を作ってしまったわけだし、噂が立つ前に俺たち結婚しないか？」

「結婚……？　あ、責任とか気にしなくていいよ。もし子ができても私がちゃんと育てるから」

ロミの言葉はまたもジュリアンの地雷を踏んだらしかった。瑠璃色の瞳を三白眼にして表情をなくし、こめかみに青筋を立てながら静かにロミに問う。

「……それはどういう意味だ？」

——あれ、また何か怒ってる？

「言葉通りの意味だけど……我がリフキンド家で大切に育てるから気にしないでと」

ローゼンブルグでは結婚した両親が揃って子育てをするのは稀《まれ》だ。ロミの両親世代では、ローゼンブルグ出身の男性は身体が弱い者が多いため、父親のいる家庭というのが少なかったのだ。実際にロミの父チャールズも、母ノエミがロミを身籠《みごも》っているときに病で他界している。ロミの同年代ぐらいは母子家庭で育った者が貴族にも自由民にも多い。

生まれも育ちもローゼンブルグ国民なロミはそれが当たり前だった。

過去の男性排除の政策のせいで出生率が著《いちじる》しく低いローゼンブルグでは、妊婦と子供はとても優遇されているし、子育てに不自由しないだけの資金やサービスを国が提供している。

ロミの母のノエミだって、夫を早くに病で亡くしてからは娘ロミを立派に育ててくれた。もちろん貴族であるから使用人もいたけれど、良い使用人に恵まれたのはノエミがリフキンド領地をしっかり運営し、元薔薇騎士隊長として女王陛下をしっかり支えて各方面から信用を得ていたからだ。

ノエミのようにはなれないかもしれないが、ロミは将来子を持つことになったら、同じように自分がしっかり子を守ろうと思っていた。

そう事情や風習などをかいつまんで話し、ジュリアンに迷惑をかけたくないからと説明する。

しかしそのローゼンブルグ女性の自立心のようなものが、イーグルトンで生まれ育ったジュリアンには全く理解不能だとは思いもしなかった。

「ローゼンブルグの女にとって男は単なる種馬か」

「そ、そこまで言ってないじゃないか」

「イーグルトンでは未亡人ならともかく貴族でシングルマザーなんて後ろ指さされて社会的に終わりだぞ」

男性優位の国と女性優位の国ではやはりこうしたギャップがあるのだなと改めて知る。

それでも一緒になりたいなら、妥協して離れて暮らすか、どちらかの国に移住するしかない。

しかし、子供はともかく結婚となれば職も辞さないといけない。つい最近薔薇騎士隊長を任じられたばかりなのに、すぐに辞めることになったら女王陛下は何と仰るだろうか……

「で、でもそれ以前に私は薔薇騎士隊長として女王陛下をお守りする任務があるんだ。ローゼンブルグを離れることはできない。女王陛下に心配をかけたくないし、あの夜のことはなかったことに……」

「それで俺が納得できると思ってんのか。お前がそういう態度を取るならこっちにも考えがある」

「は……？」

「女神様の末裔で品行方正、実直なローゼンブルグの薔薇騎士隊長殿は、実は旅行先で男を誑《たぶら》かして宿に置き去りにするような人間だと、社交界に噂を流してもいいんだな。社交界は噂が回るのが早いぜ？　すぐにお前の大事な女王陛下の耳にも届くだろうな」

「な……！　わ、私を脅すのか？」

「どう取るかは自由だ」

ローゼンブルグでは暗黙の了解としてまかり通っている事柄でも、外国では異端で、自由民ならまだダメージは少ないが、ロミは侯爵家の当主である。母や使用人、領地の民全員の不名誉に繋がる可能性がある。貴族にとってスキャンダルは痛恨の極みだ。

まして清廉潔白な氷の女王とされるハリエットのすぐ側で仕える騎士がそのようなことになっていたら、女王の名誉にも関わる。

旅行のフワフワした高揚感と軽い気持ちでやらかしたことが、ここまで自分に仇として返ってくるなんて思わなかった。

「……どうすればいい？」

後ろめたさで葛藤したロミは、すごく気が向かなかったがジュリアンに従うことにした。

そんなロミを見てジュリアンは勝ち誇ったような笑みを浮かべた。

「なあロミ。イーグルトンの男の異名を知ってるか？」

「……いや、知らないけど」

「百発百中」

「は？」

「子作りに関してな」

「……ははっ」

「ははは」

思わず引きつった笑いを漏らすロミに、勝ち誇ったように笑い返すジュリアン。

――何だそれ。それってつまり、避妊しないと確実に妊娠するってこと？

「何を馬鹿な。偶然だろう」

「偶然かどうか試してみるか？」

「試す？」

「おい、決めたぞ」

「な、何を？」

「ローゼンブルグ女王陛下の滞在期間は二週間だったな。この二週間で、確実にお前を孕ませてやる」

「はぁっ？」

「孕まなかったらロミの勝ちでロミが好きにしていい。でも孕んだら……」

「な、何？」

「俺と結婚してイーグルトンに来い」

雰囲気も何もあったものではないジュリアンの唐突なプロポーズにロミは唖然としてしまった。

「俺の提案に乗れば、今はまだバラさないでおいてやる」

——何てずる賢いんだ。そういえば色々と手回しが得意なのはひと月前もそうだったような。

「う、受けて立とうじゃないか」

何だか悔しくなって、気がつけばそう豪語していた。

「よし。決まりだな。じゃあこれで二週間、俺達は秘密の恋人同士だ。いいな？　まあ、恋人ごっこだ。楽しもうぜ」

「こ、こい、びと……ごっこ……！」

——恋人……なんて甘美な響きなんだ。ごっこ遊びとはいえ、二週間限定とはいえ、この私に恋人ができるなんて。恋人ごっこ。なんて大人なごっこ遊びなんだろう。

脅されて従わされているというのに、ロミはそんな甘い単語にいとも簡単に反応してしまう。

「なあロミ、非番の日はいつだ？　この滞在の期間に休息日くらいあるだろう？」

「ある、けども。……明後日はちょうど休み、かな」

「じゃあ明後日、デートしてから俺の家に遊びに来ないか？　招待するから。恋人らしいことをしようじゃないか」

——デ、デート……！　こ、恋人らしいこと……！　生まれてこの方一度もしたことない、恋人同士でお出かけするという伝説の「デート」とやらを、私がついに体験するのか……！

二十一年間、男性と接する機会がなかったため、デートを伝説だと思ってしまうロミである。

「でも、そんな、二人で出かけたりしたら、周囲にバレないだろうか？」

「アルタイルの広場に俺の家から馬車を用意しておく。別々に出て待ち合わせよう」

「わ、分かった。……でも君は明後日休みではないだろう？」

「何とかするさ。こういう日のために、俺は普段から部下の仕事を代わってやったりしていたからな」

用意周到なことである。とりあえず今夜の祝賀会が終わったら、貴族間のお茶会など小さなイベントはあっても必ず全員出席のものは少ない。

来週早々に皇帝陛下主催の乗馬会があるが、それまでは祝祭期間とはいえのんびりしたものだ。

それに、せっかく招待してくれるというのに、無下に断るのも何だし、断ったら今約束した賭けのことやひと月前のことを持ち出されて脅されるかもしれないので、ここは素直に招待に応じることにした。

「わ、分かった。お言葉に甘えてお邪魔させていただくよ」

「そうか。……ではまた明日の夜、楽しみにしている」

明日の夜、というのは、明日また行うこの淫らな賭けのことだ。ジュリアンのしたり顔がまた憎たらしいけど本当に美しくて、面食いな自分に頭を抱えるロミ。

こうしてロミは、イーグルトン帝国銀の騎士団長ジュリアン・オーウェン伯爵と、二週間限定の秘密の恋人ごっこをすることになったのである。

ごっこ遊びとはいえ、しっかり身体の関係を持つリアルなもの。それを考えると、心臓がドキドキと早鐘を打ち、先ほど愛された身体に再び火が灯るような気がした。

第三章　健全なる恋人ごっこ

その日、ロミとジュリアンは連れ立ってイーグルトン帝国の帝都アルタイルの美術館に行った。

帝都アルタイルは人が多く、外套《がいとう》のフードを被ればほとんど人に紛れてしまうため、ロミとジュリアンだとまずバレる心配はない。秘密の関係とはいえ、街歩きだってできないことはないのだ。

ジュリアンにせっかくの休日デートなので行きたいところはないかと言われ、ロミは迷わずイーグルトン美術館と答えたのだ。

あの戦神像をもう一度見てきたのだが、やはりというか、ひと月前の思い出として薄れゆく記憶の中のそれよりも、実物はより迫力があって素晴らしかった。

――やはり素晴らしい。私の中の戦神といえばこの御方となってしまったみたいだ。

ロミがいろんな角度からその像を観察し、説明文を読み漁ってまた観察し、それを飽きもせずに繰り返している間、ジュリアンは外套《がいとう》のフードを目深に被ってロミを遠くから見ていた。

ロミとしてはこの戦神像とジュリアンに並んでみてほしかったのだが、ジュリアンはどうにもこの像の近くに寄りたくないらしい。

せっかく二人で来たというのに自分だけ楽しませてもらっていて、やはり自分はデートというものでの正しい行動がわからない。

ロミの趣味に付き合ってくれただけで、ジュリアン自身は芸術に興味がないのかな、と少々落ち込んだロミだったが、ジュリアンが絵画のコーナーで牧歌的な田舎の風景画のあたりで立ち止まって細かく観察したり説明文を読んだりしているのを見て、こちらはお気に召したのかと安心する。

「俺が子供の頃住んでいた地方の風景画だ。懐かしいな」

「そうなのか？　これはどこの風景なの？」

「イーグルトン西部のフィラーク地方だ。自然が多くて作物も豊かに育つ場所だ。まあ、魔物も多かったが」

「へえ〜。こんなに牧歌的な風景なのに、魔物も多いのか」

こういった地域で子供の頃から魔物退治に明け暮れていたらしく、少しずつ要領を覚えて逞しくなっていったのだろう。彼の土台となる土地の風景画を見て、ロミは和む。少しだけ彼のことが分かった気がして嬉しい。

そのフロアにはローゼンブルグの風景を描いた作品もあった。それはローゼンブルグの雪を被った山々と、そこに降ってきそうな満天の星を描いた作品だった。

「見て、ジュリアン。これ、私の国のローゼンブルグだ」

「おお、これが……」

「以前話したけど、ローゼンブルグの山頂に登って見る夜空は、澄んでいて星が本当によく見えるんだ。本当にこの絵みたいに降って来そうでちょっと怖いくらいなんだよ。この絵は本当に写実的に描かれているね」

「へえ。そんな絶景なら俺も実際に見てみたいな。ローゼンブルグに旅行に行ってみようか」

「ぜひぜひ！　良かったらリフキンド家に滞在していいよ。君なら大歓迎だからさ」

「はは、そうか。楽しみにしている」

そんな話をしながら午前中いっぱい美術鑑賞をして、お土産にパンフレットを買ったりして過ごした。

ひと月前にロミが買ったパンフレットとは、展示品が違ったりするので、その変化も実家に帰って比べたりしたいなあと、ロミは楽し気に話し、ジュリアンも笑顔でロミの話を聞いてくれた。

――楽しい！　デートってこんな感じなんだな。

昼頃、ジュリアンの邸宅であるオーウェン邸に向かう馬車に乗った。昼食を用意してくれているらしいので、食事をご馳走になってから、夕方宮殿に戻る予定だ。

あんな賭けをして身体の関係を結んでいるのに、今日はとても健全である。

今日はロミも女性らしい外出用のドレスを着ており、ジュリアンも騎士服ではなく貴公子然としたフロックコート姿だ。

そして行き先は美術館。なんて知的で穏やかで健全なお出かけなのだろう。

――男女のことをするときみたいな、ドキドキするようなことはないけど、一緒に芸術を見て感想を言ったり、思い出話をしたりして、誰にも邪魔されないでゆっくり楽しめるって何だか素敵だな。

例の賭けのことは何も言ってないので、今日はさすがにしないのかなと思うと、ホッとするような、残念なような気がしないでもないのだけれど。

ひと月前の不名誉を口外しない約束と引き換えの関係だけれど、ジュリアンと身体を重ねる行為自体は嫌いではなかった。正直疲れるし、ものすごく恥ずかしいのだけれど。

馬車の中で先ほどの美術館での感想を言っていると、ふとあの戦神像をジュリアンが避けていたのはどうしてなのかが気になって聞いてみた。すると、驚くことが判明した。

「えっ、あの戦神像のモデルは、ジュリアンなのか？」

「よく知らんのだが、そうらしい。俺はモデルになった覚えは一切ないんだがな」

ロミのお気に入りの美しく雄々しい戦神像、その作品には彫刻家が制作にあたり、自由民の憧れである銀の騎士団長ジュリアン・オーウェン伯爵をモデルにしたという裏話があるのだそうだ。

ただ、ジュリアンにモデルを頼んだのではなく、恐ろしく記憶力の良い彫刻家が、以前に戦や魔物討伐から凱旋してきた際の騎馬姿を目に焼き付け、その記憶を元に彫ったものらしい。

しかも出来上がってからジュリアンに一報が来たという前代未聞の作品らしく、ジュリアン自身は美化されまくった自分そっくりの像を見て、「何か気持ち悪っ」と思ってしまったそうだ。気持ち悪いのでモデル料などはもらっていないとのこと。

――太っ腹というか。気持ち悪いって、あんなに素敵な像なのになあ。モデルってそういう気持ちなのかな？　さっきフードを目深に被って顔を見られないようにしてたのはそういうことだったんだね。

「じゃあジュリアンはあの美術館は好きじゃないのか？」

「いや、そういうわけじゃないが。さっきも見たけど風景画なんかを見るのは嫌いじゃないぜ」

「そっか。美術館って美術品保存のために年に何回か作品を入れ替えるだろうし、あの戦神の彫刻が仕舞われた頃に、また一緒に風景画を見に行けたらいいね」

ロミの、ジュリアンにあの戦神像と並んで立ってほしいという願いはどうやら叶いそうもないようだ。

「……なあ、それってデートの誘いなのか？」

「そ、そういうわけじゃ……美術館に一緒に行ける仲間ができて嬉しかっただけで」

「そうか。じゃあ俺は勝手にデートだと思って楽しみにしておく」

何だか満足そうな顔でそんなことを言うジュリアンに、ロミはもう何と言っていいのか分からずに、彼の視線から逃れるように車窓に目をやるのだった。

それから程なくしてオーウェン伯爵邸に到着する。美しい白壁が映える、小宮殿とでも言えるような三階建ての豪華な建物だった。

ジュリアンがその腕一本で功績を上げて手に入れた財産の一つだ。

玄関前にずらりと並んだ使用人たちに出迎えられて、馬車は止まった。

ロミの今日の服装は外出用のドレス姿であるので、ジュリアンにエスコートをされながら馬車を降りる。

男神のごとく美しい主人ジュリアン、そして彼が連れて来たこれまた美しい貴婦人ロミ。情報量が多すぎて、使用人たちはどこを見て感動していいのやらさっぱりわからないながらも、ふたりの到着に頭を下げて出迎えてくれた。

「おかえりなさいませ、伯爵様。使用人一同首を長くしてお待ちしておりました」

使用人を代表し、家令らしき初老の男性がジュリアンとロミに頭を下げる。ジュリアンは彼をロミに紹介した。

「ロミ、オーウェン伯爵邸の家政を取り仕切っている執事長だ。……執事長、こちらはローゼンブルグのロミ・リフキンド侯爵だ」

「ロミ・リフキンドと申します。以後よろしくお願いいたします」

「リフキンド侯爵閣下、こちらこそよろしくお願いいたします。何かありましたら何なりとお申し付けください。今、昼食のご用意をいたします。当家の料理人が腕によりをかけたイーグルトン西部フィラーク地方の料理をご堪能くださいませ」

それは先ほど美術館で地方の風景画を見ていたときに、ジュリアンが自身の出身地だと教えてくれた場所だった。

――なるほど、主人の生まれ故郷の料理を出してくれるのか。楽しみだな。

「ありがとう執事長」

「いやあ、伯爵様が高貴な女性をお連れになる日が来るなんて、私はもう嬉しくて嬉しくて」

「おいおい……やめろ、泣くな」

涙もろいらしい執事長は目を細めてロミを眺めやって一礼した。

――あんなに女性に人気があるのに、この邸宅に女性を連れて来たことはないのか……意外だなあ。というか、この雰囲気、私は完全にジュリアンの恋人ポジションにされていないか？　二週間限定の恋人ごっこのはずなんだけど……はずだよね……

ロミには世間でいう恋人の基準がまずわからない。ジュリアンとは身体の関係はあるものの、これで恋人と言えるのかどうなのか微妙な感じである。

そもそもこの国に滞在している二週間だけの付き合いなのに、これではっきり恋人と豪語するのはいささか厚かましいような気がする。そりゃあ、身体の関係があって妊娠したら結婚する約束をしてしまったのだけれど、所詮は二週間の恋人ごっこだ。

そんなことを悶々と考えていると、使用人たちの一番後ろに並んでいた、メイドのカチューシャに見習いの印をつけた十四、五歳の少女が一人勝手に走って行ってしまった。その様子に同僚のメイドたちはギョッとして叱りつけたが、彼女はあっと言う間に去ってしまった。

使用人一同そろって主人を出迎えねばならないこの場で、黙ってどこかに行ってしまうなど、無礼にもほどがある行為だ。

青くなった執事長が深々と頭を下げてジュリアンとロミに謝罪する。

「も、申し訳ございません、伯爵様！　使用人教育がまだ行き届いておらず……！」

「あれは何なんだ？　ロミに失礼だろう！　あんな無礼な女はさっさと辞めさせろ！」

滅多に怒らないジュリアンの逆鱗《げきりん》に触れてしまったらしく、怒鳴り散らす主人に使用人は頭を下げて謝罪するしかない。

ロミは憤《いきどお》るジュリアンの肩をポンポンと叩いて宥《なだ》めるように言った。

「いや、ジュリアン、私は大丈夫だよ。失敗は誰にでもあるのだから、そんなに目くじらを立てて怒らなくていいから」

「だが……！」

「ジュリアン、落ち着いて。きっと事情があるのだろうし」

実を言うとロミはこのオーウェン伯爵邸に着いた時から、どこかから敵対心を宿す瞳で見られていると思っていた。職業柄、そういった誰かの負の感情を感じ取るのは敏感であったから。

使用人の誰かだろうと思っていたが、ジュリアンがロミを紹介した辺りで一番奥のほうにいてはっと息を飲んだのがあの逃げ出したメイド見習いの少女だった。敵対心の理由が分かってはあ、とため息をつく。

メイド見習いの少女の視線、それはいわゆる嫉妬だろう。それを考えるとロミはため息交じりの苦笑をするしかない。

おそらくあのメイド見習いは密かに主人であるジュリアン・オーウェンを慕っていたのだとロミは判断した。

男神もかくやというジュリアンの美貌と騎士らしく逞しい体つき、そして救国の英雄と称された銀の騎士団の団長だ。尊敬の念から憧れを抱く女性もそりゃあ多いだろう。

そんな彼が邸を建てて以来、初めて邸宅に連れて来た貴族女性の姿を見て、少女の淡い恋心は破れたのだ。十四、五歳の少女が逃げ出したくなっても仕方あるまい。

もちろん使用人の態度として許されるものではなかったが、情状酌量で許してあげてほしいとはロミは思うのだ。

あのような年端《としは》もいかない少女のたった一度の過ちを許さないほど自分は狭量ではない。

「申し訳ございません、侯爵閣下。あのメイドにはきつく言って聞かせます」

「あまり気に病まないでください。怒らずにちゃんと理由を聞いてあげて、それからの軽い処分でいいと私は思います。そうだよね、ジュリアン？」

「ロミ……すまない。俺がまだ貴族らしくないから、こういうことになるんだ」

「気にしないでジュリアン。それより、なんだか喉が渇いたなあ。何か飲み物をいただけたら嬉しいのだけれど」

「はっ、申し訳ございません。ささ、こちらでございます！」

そう言って執事長と使用人一同はいそいそとロミ達を邸内に案内してくれた。

着いて早々ごたごたがあったものの、ざっとした邸内の案内を経て、リビングスペースに案内されてからベランダに設けられた食卓で、イーグルトン西部フィラーク地方の郷土料理をフルコースで頂いた。

目にも楽しいカラフルな野菜の前菜。

聞いたことも無い種類の魚料理。

いつもロミが食べている量よりも二倍はありそうなボリュームの肉料理。

南でしか採れない旬のフルーツを使ったデザートとお茶。

ロミは美味しい美味しいと感動しながら一口ひとくち噛みしめて堪能した。

そんなロミに、地元の料理を振る舞えてジュリアンも満足そうだった。

お茶の用意をしてくれたのは侍女長で、ロミに改めて挨拶をしてくれた。恰幅の良い朗らかな、人柄の良さそうな女性であった。

「改めましてリフキンド侯爵閣下にご挨拶を申し上げます。さあさあ、美味しいお紅茶をお淹《い》れしますからね」

「ありがとうございます」

「侍女長、それが終わったら下がっていいぞ」

「はいはい。早くお二人になりたいのですものね。うふふ」

「なっ、余計なことは言わなくていい」

ジュリアンの慌てぶりにクスクス笑いながら、侍女長はメイドたちと一緒にワゴンを押して出ていった。

鼻をくすぐる良い香りの紅茶を頂きながら、遊び疲れた身体を癒す。ベランダからオーウェン邸の美しい庭園が見えた。大きな噴水があって、その中央には背の高い柱が一本あり、その上に水瓶を抱えた天使像が飾られていた。

優秀な庭師が季節の花を取り入れているのだろう、噴水の華やかさとカラフルな花が咲き乱れる庭園に、白や黄の蝶が舞っているのがとても幻想的で美しい。

「とても素敵な場所だね。こうして見ると、イーグルトンはどこもかしこも美しい国だな」

「そうか。ロミに俺の生まれた国をそう褒めて貰えるのは嬉しいな」

「今日は美術館も堪能させていただいたし、お食事も最高だった。今日はその、デ、デート？　本当に楽しかったよ、ジュリアン」

「楽しかったのは美術館と食事だけか？」

「え？」

「俺のことは？」

「も、もちろん、ジュリアンと一緒にだから、た、楽しいんだよ……」

意味ありげにじっと見つめられて、ロミは視線を思わず逸らす。ジュリアンの瑠璃色の瞳は本当に吸い込まれそうに美しく、魅了されてしまう気がして、昼間にじっと見るものじゃないと思う。

ロミの恥ずかしそうな様子に、ジュリアンはふっと笑って立ち上がり、ロミをリビングへエスコートした。綺麗な装飾のソファーに二人で座って、まるで本当に恋人みたいだ。

――近くないか？　いや、別にここはジュリアンの家なのだから、主人のジュリアンがどこに腰かけようと自由なんだろうけれども。

「いずれ結婚したらここはロミが仕切ることになるだろうから、今から色々見て行くといい」

「なっ……、そ、それは、まだわからないじゃないか……」

それはジュリアンが当初からこの二週間で確実に妊娠させると豪語していて、もし妊娠したら結婚するという淫らな賭けのことを言っている。

勝利を確信しているみたいな言い方にロミは話題を変える。このままだと話をそちらに持っていかれて流されてしまいそうだ。

「そ、そういえば、さっきの子大丈夫かな？」

「ああ、あのメイドか。本当にすまない。俺が頼りないからこうなるんだ」

彼女は最近オーウェン伯爵邸で働くようになったメイド見習いで、今は無知なところはあるけれど物覚えは悪くない、割と働き者の少女だと執事長と侍女長が言っていたそうだ。

だから自分の家の使用人がこんなことをしでかしたのは本当に驚いた、クビにするから許してくれと重ねて謝罪してきた。

「いや、謝罪はいらないよ。というか、一度の失敗でクビにしていたら、使用人は成長できなくなってしまうじゃないか。で、あの子は厳しい罰を受けたりしていないよね？」

「とりあえず今日のところは部屋に戻って謹慎させているそうだ。頭を冷やしてくれると良いんだが」

ロミはホッと胸を撫で下ろした。先ほどのジュリアンの激高《げっこう》っぷりを見て、もし彼女が鞭打ちでもされていたらと思ったのだが、部屋に一日謹慎だけで済んで本当に良かった。

「……あの子、ジュリアンに想いを寄せていたね」

「は？」

「そういう焼けつくような悪意って、何となくわかるんだよね。例えば女王陛下に向けられる悪意とかがあれば、それが実際にご本人まで届かないように気を配るにはいい能力だなって思ってる」

素人の少女が隠すことなくぶつけてくる敵対心に、ロミはすぐに気付いた。薔薇騎士の修業時代に身に付けさせられる能力だ。

淡い想いを寄せていた主人が、年若い貴族女性を連れて来たとあれば……いたたまれなくて逃げ出したくなるのもわかる気がする。

「でもさ、悪いのはいたいけな女心を惑わせた男じゃないか？　全く、罪な男だなあ、君は」

「……どういうことなんだ。俺はあんな娘がここに入ったことも知らなかったんだぞ。使用人の選定は全部執事長に一任していたし」

「まだ下働きだけだろうからジュリアンの前には出ていなかったんだと思うけど、彼女の方はジュリアンを見ていたということでしょう？　そして恋に落ちた」

「やめてくれ。……やっぱりクビにしよう。主人によこしまな心を持つなんて使用人じゃない」

社交の場ではくすりとも笑わず、容姿は類稀《たぐいまれ》なのに愛想が良くない。伯爵位を賜ってこれから貴族社会で生きて行かねばならないというのに、ロミ以外の女に対しては恐ろしく辛辣なジュリアンに、ロミは少々頭が痛くなってしまう。

「そんなことしないで、可愛いものじゃないか」

「……」

その瞬間、グイッと肩を抱かれて引き寄せられたかと思うと、不意打ちのようにジュリアンに唇を塞がれた。

チュッ、チュッと触れて離れてを繰り返し、呼吸のために口を半開きにしたロミに、ジュリアンは目敏く深く口付けた。

「あ、ん、んむ……」

「は、ん、んぅ、はあ、ロミ……」

ジュリアンのこの舌で交わるキスに、ロミはどんどん翻弄《ほんろう》されていく。最近ロミも段々わかってきたが、これは、普通のキスじゃない。男女のことが始まる直前の淫らなキスだ。

——でも、待って。まだ昼間で、部屋の中はこんなに明るいのに……

彼が使用人たちをこのリビングから下がらせたのはこういうことだったのかと今更思い出す。そりゃあここの主人のジュリアンが、この家のどこで何をしようと使用人たちが口を出すことはないんだろうけれども。

ジュリアンがロミの服の背にあるボタンに手をかけたとき、ロミはふと彼から離れて一旦ストップをかけた。

「ま、待ってジュリアン。ここで、だ、男女のこと、するの……？」

「嫌……？」

「だって、ここはそんなことする場所じゃ……それに、まだこんなに明るいのに」

「じゃあ、寝室に行くか？」

「えっ」

「行こう」

そう言うとジュリアンはロミを姫抱きに抱え上げた。いきなりそんなことをされて面食らったが、振り落とされそうになって思わず彼の首に腕を回す。

しがみ付かれて嬉しくなったのか、ジュリアンは満面の笑みを浮かべてそのままリビングを出た。重さを感じさせないような浮かれたステップを踏みながら、一気に三階の最上階まで駆け上り、主寝室らしき場所に連れてこられる。

広い部屋の天蓋付きのベッドの上に、そっと下ろされ、ジュリアンもそこに腰かけて、二人で向き合う。

たしかにここは寝室で、そういうことをするのはベッドでというのが正しいのだけれども、ただカーテンを閉めてもまだ明るい日差しが入ってきているのが恥ずかしくてたまらない。

「ロミ……」

躊躇《ちゅうちょ》していると、ジュリアンが胡坐《あぐら》をかいた膝をポンポンと叩いて、そこに座れと促してきた。

熱に浮かされたみたいに、言われた通り彼の膝に跨《また》がった。彼に抱きつく形になって座ると、お互いにバラ色に染まった顔をして、どちらからともなく唇を重ねた。

ふわりと唇のみを重ねるキスから、首を傾けてより深く繋がるキスに移行していく。

――ああ。どうして彼のくれるキスはこんなに抵抗の意思を奪うんだろう。

ロミの肩に顎を置いたジュリアンが、ロミのドレスの背にあるボタンを改めて外し始めた。

一つ、二つと外していき、さあいよいよ、と思ったところで、邸内でバタバタという足音と窓の向こうでうめき声や悲鳴が響いてきた。

「……何だ？」

「さ、騒がしいね。どうしたのかな」

無粋にもベランダの向こう、庭園の方からガヤガヤと人の声が聞こえる。一体何事かと、二人は顔を見合わせてベランダの向こうを見た。

「一体何が？」

「……上を見ているな」

庭園に集まってきた使用人たちの視線の先を追って、ロミとジュリアンは愕然とした。

屋上の柵《さく》の、なんと外側に小柄な人影が立っていたのだ。

すぐに部屋のドアが激しくノックされ、侍女長が血相を変えて入って来た。

「伯爵様、お寛《くつろ》ぎのところ大変申し訳ございません！」

「侍女長、一体何があったんだ！」

「例の見習いメイドが……様子を見に行ったら部屋に居なくて、心配して皆で探していたのですが、勝手に屋上に……！　と、飛び降りるつもりのようです！」

「……！」

ロミは再び屋上のほうを見た。

確かに彼女であった。生気のない表情で下を見下ろし、柵《さく》の外側、建物の縁に立って後ろ手に柵《さく》を握っているのが見えた。あの手を離したらおしまいだ。

ロミは部屋に戻って自分のバッグをごそごそと漁って何かを取り出した。丸めた長い牛追い鞭のような物を取り出したロミは再びベランダに走っていく。

侍女長はそんなものを貴婦人用のバッグから出したロミに驚いていたがそれどころではない。

「ジュリアン、合図をしたら私を彼女目がけて高く放り投げてくれないか？」

「何をする気だ！」

「この鞭は特殊な鞭で、伸縮自在な特別製なんだ。これであの子を助ける。詳しいことはあとで話そう」

ロミはドレスのスカートを縛って少々不格好ではあるが、動きやすい恰好になりながら話す。

「しかし、……っ、な、何か策があるんだよな？」

「私はローゼンブルグの山猿女だよ？　空中は庭みたいなものなんだ。絶対に怪我しないって約束するから、私に任せてほしい」

「……わかった」

広いベランダの端に祈りの形に合わせた両腕を前に出してややしゃがんだジュリアン、彼から一旦距離を取ったロミはそのままジュリアンに向かって走り出した。

「でやあああああ！」

ロミは掛け声とともに上に振り上げるジュリアンの両手を踏み台にして宙に大きく飛んだのである。

「一階の芝生の上にクッション的なものをたくさん集めろ！　それから梯子だ！　一番長いものを持ってこい！」

ロミが飛んだすぐあとに、ジュリアンが階下で見上げているだけの使用人たちに怒鳴り散らすように指示を出した。慌てて指示に従う使用人たち。

そしてロミは空中を跳んでいた。その向こうに、屋上の柵を後ろ手に掴んでいた手を離した小柄な少女の身体が、まるで木から落ちる果実のように、ふわりと宙を舞ったのが見えた。

子供の頃から育んできた野性的な勘、そしてとびぬけた視力と距離感を計る洞察力は、目の前を落下してゆく少女の小柄な身体と自分の体格と位置、落下速度と跳躍力の関係を、ロミの脳に正確に伝えていた。

ロミは空中で思いきり手を伸ばして、なんとか少女のお仕着せの端を掴んだ。必死の形相だったロミの表情が一気に生気を帯びる。

力任せに空中で少女のお仕着せを引き寄せると、彼女の胴を脇にしっかりと抱え込んだ。

しっかりと少女を受け止めたロミだが、二人揃って地面に落下していく姿に下で見ていた使用人たちが悲鳴を上げた。

ロミは落下しながらも鞭をビュンと振って先を遠くに飛ばす。

鞭は噴水の中央にある背の高い柱の上に設置されている、ラッパを掲げた天使像の腕の部分にぐるぐると巻き付いてしっかりと固定された。振り子の要領でその天使像に近づいていき、ロミは両足を天使像に着け、ようやく止まった。

屋上からの転落で失神した少女は目を覚まし、赤みがかった明るい色の長い髪に緑の瞳の美女が自分を抱きかかえているのに気付く。

片腕に自分を抱えて、もう片方の手で長いロープのような物を持ち、二人分の体重を支えている美女。

それは主人であるジュリアンを出迎える際に見た、彼が連れてきた女性だった。

彼女……ロミ・リフキンド侯爵は、少女が目を覚ましてこちらを見上げているのに気付いて、ニカッと笑って見せた。

「……気が付いたんだな、もう大丈夫だ！」

「……？　ぅあ、きゃあああああっ！」

少女はそこでようやく自分の足元から下が宙に浮いていて、地面が遠くにあることに気付いてわたわたと慌て出す。

「こらこら暴れないで。よっ……と。私の首に腕を回してしっかりつかめるかな？」

「へっ、あ、は、はいぃ……！」

小脇に抱えていた少女の身体をグイと自分の胸元に引き寄せて少女に指示を出す。彼女は、少しも怒っておらず、馬鹿なことをしたとなじる様子もなかった。

ロミに従い、彼女の首に腕を回した少女は、しなやかな筋肉に覆われたロミの身体に支えられて安心したのかガタガタ震えてすすり泣き始めた。

「ひっ……う、ううっ……ぐすっ……」

「ああ、高いところだから急に怖くなってきたんだね。大丈夫、私が必ず助けてあげるから」

「ご、ごめ、なさ……！　ごめん……なさい……！」

「大丈夫だから。はは、若い頃は誰でも馬鹿な真似をするって私の母上も言ってたよ。まあ今回はちょっとやり過ぎたかもしれないけれどな」

――私だって今でも無茶をし過ぎてよく女王陛下や同僚、母上にこっぴどく叱られる。多分、今回は後で私がジュリアンに叱られるだろうけども。

すすり泣く少女を宥《なだ》めながら下のほうを見やると、梯子を抱えた使用人を先導している背の高い金髪碧眼の美丈夫が見えた。ジュリアンが、声を張り上げて使用人に指示を出している。

「これじゃ短い！　もっと長い梯子はないのか！」

「申し訳ありません伯爵様、これが今邸にある一番長い物なんです」

たしかに庭用のあの長さの梯子では今ロミたちがいる天使像の位置まで届かない。ロミ一人なら少し無理をすればいけるかもしれないが、今はか弱い少女を抱きかかえている身だ。

ロミは周囲を見回し、一番近い樹木とその並びに立つ木の枝ぶりを見てから、下にいるジュリアンに声を張り上げた。

「ジュリアン！　その梯子が届きそうな場所まで木の枝を伝っていくからよろしく頼む！」

「ロミ、無茶をするな！」

「大丈夫だよ、ジュリアン、絶対に怪我をしないと約束するから。……さあ、しっかりつかまっていなさい。ちょっと大きくジャンプするから、怖かったら目を閉じて」

「う、は、はいいいいっ！」

少女がロミの首にしっかりとつかまったのを確認すると、ロミは、天使像の腰に手をついて輪になっている部分に片足を引っかけてから、牛追い鞭をまるで生き物のようにブンッと振る。途端に天使像の掲げた腕に巻き付いていた鞭がほどけ始めた。

このまるで生き物のような鞭の動きは、ローゼンブルグの山奥に生息する魔法生物の体毛と皮革をなめした物で、不思議なことに手元を動かしただけで先まで自由に動く優れものだ。ロミは剣術も体術も得意だと自負しているけれど、この鞭の扱いのほうが得意だった。それゆえ、肌身離さず持ち歩いていたものが、こうして役に立つとは思わなかった。

近くの木の丈夫そうな枝に振るった鞭が、またくるくると巻き付いて固定された手応えを感じると、ロミは像に引っ掛けていた足を抜いて、振り子のようにその木に向かってダイブする。

「きゃあああああ！」

樹木に激突するのではと思うほどのスピードで突進していくので少女は思わず目を閉じたが、最後はまたロミが木の幹に足を付いて止まる。そして丈夫そうな太い枝に着地すると再び鞭を振るって巻き付いたものをほどいた。

「おお、さすが南部の木。二人が乗ってもびくともしないじゃないか。ははは」

あれだけのことをやってのけたくせに息も乱さず軽口を叩くこの美女は一体何者なんだろうと、少女が目を見開く。

息も乱れていないロミと、呆気に取られて涙が止まった少女のいる木の下でガヤガヤと声がした。

ジュリアンと使用人たちがやっと届くまでになった梯子を木にかけてくれていた。

「ロミ！　こちらへ！」

「ありがとうジュリアン！　でも先に彼女を降ろすよ。さあ君、梯子を使って。ゆっくりで大丈夫だから」

「は、はいいいい……」

膝をがくがくとさせながらも、何とか梯子を降りることができた少女は、地面に着いたとたんにへなへなと腰が抜けてしまった。

そんな彼女に使用人たちが駆け寄って「馬鹿やろう」だの「心配させやがって！」だのなじっていたけれど、その声は涙声だった。ここの使用人の仲の良さが窺える光景だった。

そんな使用人たちをよそに、梯子を勢いよく滑るように降りて、軽く着地したロミにジュリアンが駆け寄るなり抱きしめた。

「……こんの、馬鹿！　無茶するなよ！」

「すまない、ジュリアン。黙って見ていられなかったんだ。私は大丈夫だから」

「大丈夫じゃねえ！　あんな三階のベランダから！　お前が飛び出していって生きた心地がしなかった俺の気持ちを考えろ！」

「おおっと……」

ジュリアンが怒鳴り散らしながら抱きしめる力を強くし、そして涙声を絞り出した。

「……お前が死んだら、俺はどうしたらいいんだ、ロミの馬鹿野郎……！」

「ああ、心配させてごめん、ジュリアン……」

ジュリアンの肩が震えている。生きた心地がしなかったというのは本当だろう。そんな心情のまま、あの梯子を用意して駆け付けてくれたのだ。ロミは返事の代わりに彼をギュッと抱きしめ返した。

ジュリアンはガバッと顔を上げ、後ろでへたりこんだ少女のところに集まっている使用人たちをキッと睨みつけた。使用人たちは慌ててロミに頭を下げる。

「り、リフキンド侯爵閣下！　おかげでこの子は助かりました！　ありがとうございます！」

「ありがとうございます！　バカなことをしでかした彼女にはきつく言って聞かせます！」

「ゆっくり休ませてあげてくれ」

使用人たちの言葉に、ロミはそう言って宥めたが、ジュリアンの怒りは冷めやらぬらしい。

「その娘をさっさと使用人部屋に連れて行け！　朝まで見張って絶対に外に出すな！　しっかり反省させろ！」

「は、はい！　伯爵様！」

「申し訳ありませんでした！」

ジュリアンの怒号に追い立てられるように使用人たちは少女を連れて使用人棟へ戻っていった。

その後ろ姿を、ふーふーと肩をいからせて睨みつけるジュリアンの背をロミはどうどう、と宥《なだ》めすかした。

そしてくるりと振り返ったジュリアンに、ロミが睨まれてしまう。

「ジュ、ジュリアン？」

「……」

「え、わあっ！」

ジュリアンはいきなりロミを肩に担ぎ上げた。荷物のように肩に担がれて、ロミは慌てて彼に抗議する。

「いきなり何するんだ！」

「寝室に行くぞ、ロミ」

腹から絞り出すような低い声に、ロミは反論できずにおとなしく寝室まで運ばれることとなってしまった。

ところが時刻はもう午後三時頃で、そろそろここを発って宮殿に戻らなければならなかった。

キスで翻弄《ほんろう》され、服も半脱ぎの状態で、さあこれから！　という瞬間に、非常に申し訳なさそうな声で、執事長がドアをノックして帰りの馬車が用意できたことを知らせに来た。

「……」

「……はは。続きはまた今度、だね」

「……ちっくしょおおおおおっ！」

ベッドに頭を突っ伏して頭突きをしながら悔しがるジュリアン。それを横目に、乱れた衣服を整えるロミ。

ジュリアンの悔し涙の咆哮《ほうこう》はしばらく続いたが、三十分後にはオーウェン邸を出て、帝都アルタイルの宮殿に向かう馬車の中で揺られていた。

ジュリアンは馬車の中で、とも一瞬思ったのだが、隣に座ったロミがこくりこくりと舟を漕いでいて、そのうちジュリアンの肩に寄りかかって眠ってしまったので、しぶしぶ諦めた。この状態では、今夜ロミを呼び出すのは無理だろう。

「くそっ、明日こそ覚えてろよ、ロミ」

男の欲情も知らず無防備に眠り込むロミを見て、ジュリアンは何だか怒るのが馬鹿馬鹿しくなってしまった。

しかしあの大立ち回りには驚いた。たかが一使用人、しかも見習いメイド一人のために、あそこまで身を投げ打つことができるなんて、このロミという女性はどういう頭の構造をしているのだろうとジュリアンは思った。

現リフキンド侯爵家は生まれながらの貴族なのに、たかが自由民の少女を見捨てなかった。しかも自分の邸ではなく、他家の使用人だ。

身を投げ打つ、というのは正しくないかもしれない。彼女は絶対に助けるという意思とそれを実現できる能力をちゃんと持っていた。確実に救えると分かっていたからジュリアンまで巻き込んであんなことをしたのだろう。まだ二十一歳という若さだが、彼女は本物の騎士道精神を持つ自立した女性であった。

「なんて奴だよ、お前は……」

そう言って苦笑しながら彼女の頭を撫でた。

初めて会ったひと月前のあの夜も、ジュリアンに対して後ろから襲いかかってきたゴロツキに、飛び蹴りを放ってジュリアンを救ってくれたことを思い出す。

彼女はひと月前と全く変わっていない。あの時すでに惚れていたが、今日はますます惚れ直したジュリアンである。

それはともかく、彼女のおかげでジュリアンの邸宅で人が死ぬかも知れなかったのを防ぐことができた。それもあんな破天荒な方法で。

「……ありがとうな、ロミ。けど、明日から覚悟しておけよ」

ロミのさらりとした長い髪に触れながら、ジュリアンは眠る彼女の額にそっと口づけた。明日こそは彼女を抱けなかった雪辱を絶対に果たしてやると決意しながら。

第四章　波乱の乗馬会

色々あった休日を終えて、その次の日の夜。

「んっ……んうっ……」

ロミはシーツの上に俯《うつぶ》せになり枕に頭を突っ伏して、後背位でジュリアンに責められていた。

ジュリアンが昨日できなかったのを取り戻すように執拗にロミを蹂躙《じゅうりん》している。

肌同士が当たる破裂音にも似た高い音と、結合部から溢れる二人の混合液が跳ねるヌチャヌチャといやらしい音が部屋に響いて、ロミは耳が麻痺しそうだった。

先日の舞踏会の夜に求められて以来、「この滞在期間中にお前を確実に孕ませる」との宣言通り、ひと月前のあの夜の出来事と二人の関係を周囲にバラさないことを条件に毎晩身体の関係を続ける「恋人ごっこ」という、ジュリアンの淫らな要求をロミはムキになって承諾し、今ここにいる。

場所は言語道断にも銀の騎士団長の執務室にある仮眠室のベッドの時もあれば、応接用のソファーでの時もあった。毎回ジュリアンの自宅の邸まで行くのは遠いし、時間は就寝時間を過ぎているため、誰も来ないということでジュリアンが指定した。

――なんて奴だろうか。職権乱用にもほどがあるじゃないか。

だが先日の、渡り廊下隅の柱の陰で、誰かが通ったらどうしようと危機感を感じながらの行為よりはよっぽどましだ。けれどほぼジュリアンのプライベートな空間とはいえ執務室なので、彼の職場でこんなことをしている背徳感がないわけではない。

事の最中にそんなことを考えてぼーっとしていたら、察しの良い人間はすぐに気付く。

ロミは両方の手首を掴まれてぐいっと後ろに引かれた。

「ひゃあっ！　ジュ、ジュリアン、待って……！」

「何を……考えている？　随分余裕だなロミ？」

「ご、ごめ……っ、あ、やあっ深いっ……！」

ゆるゆると膣内を出入りしていた雄茎が、先端近くまで引き出されたのち、物凄い勢いで奥までズドンと突き入れられた。あまりに深い結合に衝撃が走って、ロミの目の前に星がチカチカと散り始める。

――もう何回イッたんだろう。来る間隔が短すぎて頭が真っ白……

快感に脳をフルコンタクトさせるより、何か考えていたほうが意識を飛ばさずに済むと思ったのだが、それがジュリアンを苛つかせ、さらに執拗に責められることになり、逆効果だったようだ。

立ち膝で腕を後ろに引っ張られながら胸を反らせ、後ろから激しく突き上げられる。

隘路《あいろ》の敏感な部分と奥の子宮膣部を交互に責められるため、何度も何度も訪れる快感に意識を飛ばしそうになる。だが次の刺激がすぐにやってくるので、イッてもイッても終わらないジュリアンの責めにロミは翻弄《ほんろう》されっぱなしだった。

「や、あ、ああんっ！　だめ、またイく、あ、あああぁっ！」

「はは、すげえ乱れっぷりだなロミ？　中でイケるようになると、やるたびにイキッ放しで堪らないだろっ！」

「お、おかしく、なるぅっ……！」

「ああ、それいいな、おかしくなれよ！　もっともっと乱れて、喘いで、いい女になれ！　ほら、ほらぁっ！」

「だめ、イく、イくぅっ！　ひああああぁっ！」

びくびくと震えて絶頂に達するロミ。身体が硬直して我知らずぎちぎちと彼自身を締め付けているのに、ジュリアンはロミが弛緩《しかん》するまで眉根を寄せたまま耐えて、ついに吐き出すことはなかった。

――ま、まだ硬い……？　ジュリアンはまだ気持ち良くないのかな？

何度も身体を重ねたおかげで、ロミも性行為での男女の身体の変化がわかるようになってきたので、こういう時に男性は自然に射精するはずだと思っていた。

しかしまだロミの膣内に納められた雄茎は怒張したままで、そこにいるだけで絶頂に達したばかりの膣に刺激を与える。

「……ん、ジュリアン……？」

「……」

喘ぎすぎてかすれ気味の声で呼びかけると、ジュリアンは急にロミの腕を解放したあと、ベッドに俯《うつぶ》せに倒れ込んだロミの片足をぐいっと持ち上げて小脇に抱えた。

「えっ……ひゃ、わぁっ！」

ロミのもう片方の足に跨《また》がるようにして、彼女の開いた足の間に腰を入れる交差位にもっていった。器用にも挿入したままで。

少し位置を調整するという小賢しい技を使ってからベストポジションを見つけたらしいジュリアンのさらなる責めが開始された。

——さっきより深い……！　奥にすごく当たる……！

「ロミ、ああ、ロミ、こうすると、尻と足の肉に邪魔されないから奥まで入って気持ちいいなぁ」

「ひゃぅっ、そん、な、した、ら……！　あ、やああっ！」

反り返った雄茎が内側で壁をグリグリと擦《こす》りながら奥を強く突く感覚に、一度絶頂を迎えてせっかく戻って来た理性がまた吹き飛びそうになる。

「だめ、だめえ、そんなこと、されたら、私もう……！」

「はは、はははっ！『私もう』？　一体どうなるんだ？」

「あぁああ、またイく、だめ、もう……っ」

「ああ、イキまくりだなあ、ロミ？　はは、可愛い……くそ可愛い、なぁっ！」

言葉尻と同時に先端近くまで引き抜いて一気に奥まで突き刺すジュリアンの猛攻に、ロミはだらしなく口を開いて舌まで出しながらあられもなく喘いだ。

じゅぼ、とか、ぐぽ、とか泡立った二人の混合液の波打つ淫らな水音と、肌を打つ打擲《ちょうちゃく》音、自分のキャンキャンとうるさい声、背後のジュリアンの荒い息、それらが部屋中に響いて、淫猥《いんわい》すぎて頭がおかしくなりそうだった。

急に迫って来る快感の波に、攫われるようにしてロミは絶頂を迎えた。

「あ、あああああっ……！」

「んっ……きつ……っ、くそ、搾り取られる……っ！」

「んはぁっ、らめ、イッてる、イッてる、ろにぃっ……！」

ロミの弱弱しい抗議の声も構わず、うめき声のあと何度かさらに奥にねじ込むように突き入れた後、ジュリアンはロミの最奥目掛けて熱い精を放った。

ねっとりした射精後の快感に浸りながら、ジュリアンは抱え上げたロミのつま先にキスを落としてからずるりと腰を引き抜いた。抜いた瞬間にプシュッと潮を噴いたそこから、どろりとした精液の流れる様を見て、ジュリアンは「えっろ」と言いながら悩ましそうに笑った。

そのまま弛緩《しかん》して放心状態のロミの姿を見て、ジュリアンは流石にやり過ぎたと少し反省した。

——だが、やっと見つけたんだ。これ以上離れられないようにしないとな。

ひと月前のめくるめく夜を過ごした翌朝、目覚めたらもう既に隣のシーツは冷えていて、脱ぎ散らかしたはずの服は簡単に畳んで横に置いてあった。それも自分のものだけ。メイドが畳んだような綺麗な畳み方じゃなく、手慣れていない者がやったのがすぐわかる。ロミだ。

起き上がったときの振動で、枕の下からコロリと小さな金属が出てきた。拾い上げると女性物の小さなピアス、それも片方だけ。昨夜のロミがしていた物と同じだった。性行為のときに外れたらしい。枕をめくるとそれのキャッチも一応出てきた。

ジュリアンはそのピアスを握りながら、ベッドに腰かけて一人残されたことに絶望した。

行くなと、離れたくないと言ったのは嘘じゃなかった。なのにロミはそれを一期一会の戯言と軽く流して風のように去っていった。

そしてあの書置き。安宿の部屋備え付けのメモに残されていた、手紙とは言い難い走り書き。

『親愛なるジュリアン殿。貴方の一夜の妻となれたことは幸福でした。いただいたご寵愛は一生忘れません。旅の最後に良き思い出を賜り、感謝しております。ありがとうございました。いつまでもお元気でいてください。——ロミ』

永遠の別れのような文言が書かれたその書き置きをグシャリと握りしめると、ジュリアンは沸々と怒りが湧いてきた。

——ここまで女にコケにされたのは生まれて初めてだ。

見た目が良いとは昔から言われていて、女を知るようになってからは、ただ酒場で盃を傾けるだけで女のほうからしなだれかかってくるくらいだったのに、ジュリアンはその時初めて「女からの拒絶」を受けたのである。

そんな、女には全く不自由していなかった彼が、行きつけの酒場で出会った少し風変わりな女剣士がロミだった。赤みがかった長い髪、春の新緑のような緑の瞳、北方地域の人間特有の白い肌、非常に整った顔立ちで、まずこの辺りでは見ない美女だと思った。

女性というのは大抵誰かとつるむものだが、彼女は一人で場末の酒場に入り、麦酒大ジョッキをうまそうに飲みながら、満面の笑みで食事をするなど、一人の時間を楽しんでいる様がとてもかっこよくてつい目で追ってしまっていた。

スマートな立ち振る舞いに加えて無防備で無垢な様子が、若干の危なっかしさを覗かせていて、案の定ゴロツキのような男が彼女に目を付けてしまった。

気の弱い女であればずるずると流されてゴロツキの餌食にされそうなのに、彼女はきっぱりと断った。

『あの、すみません。貴方は戦神ではないですし、私の好みではありませんので、申し訳ありませんがお断りさせていただきたい』

穏便に済ませようと曖昧に断る普通の女とは違い、「好みではない」と面と向かって言える女。

思わず吹き出し、彼女とゴロツキ男との間に入っていた。

ジュリアンは颯爽と助けに入った自分にこの女が惚れるところまで想像していた。現に彼女はジュリアンに見惚れていたから、今までの女と同じだと思っていたのだ。

だがロミはそんなジュリアンの想像を裏切って、ゴロツキと揉めるジュリアンの姿に気分を害したのか、酒場を出て行ってしまった。

今までそんな女はジュリアンの周りにはいなかった。今まで見て来た女は、自分のためにゴロツキと相対してくれるジュリアンのことを事態が収まるまで見ていて、その雄姿を褒め讃えてしなだれかかってきたのに、彼女は勝手にしろとばかりに切り捨てて行ってしまった。

よく考えたら彼女は女剣士だ。あのような荒事など自分で切り抜けられるはずだ。ジュリアンが女は弱い者だからと割って入ったことでプライドが傷ついたのかもしれないと思った。

まだ激高《げっこう》していてジュリアンの胸倉を掴んできたゴロツキにイラっとし、頭突きを食らわしたあと、さらに腹に一撃を入れて黙らせる。

そのあと彼女を追いかけて、まだ遠くまで行っていなかった後ろ姿を発見してやたらと安堵している自分に驚く。

女から追いかけられるならともかく、女を追いかける立場になるなんて、ジュリアンは思いもしなかった。

勢いよく飛び出したはいいが、食事の途中だったらしく腹を鳴らした可愛らしさと、そのあと再び戻ってきたゴロツキに絡まれた際に、背後を取られたジュリアンを助けてくれたときに見せた体捌《さば》き。

『やるな！』

『感心してる場合じゃないよ！　今危なかったんだからね！』

そんな小言を言ってきた女も初めてだった。ロミはジュリアンが今まで見てきた女というものの概念を綺麗さっぱり打ち砕く。破天荒でありながら魅力的な姿とまっすぐな心根に、この時既にジュリアンは恋の奈落にストンと落ちてしまっていた。

酔っ払いどもの乱闘騒ぎに発展した混沌とする現場。その興奮も相まって、この女を逃したら後悔すると切実に思ったジュリアンは、その日彼女を自分のものとすることに決めた。

意外なことに処女だった彼女に驚きながらも、まだ誰も踏み入っていない彼女に自分が初めて踏み入ることの優越感、支配感。

初めての官能を、最初は怖がりながらも受け入れ、徐々に快感に打ち震えるロミが愛おしくてたまらなかった。

絶対に逃がさないとばかりに、獣のマーキングのように膣内射精をして彼女を穢した。だというのに、彼女は冷徹すぎる書き置きを残して、ジュリアンの元をあっという間に出ていってしまったのだ。

絶望は時間が経つにつれ怒りに変わる。ローゼンブルグに行ってきたという同僚の話を聞き、「ローゼンブルグの女は子種が欲しいだけ。本気で男を愛することはあまりない」と聞き、同僚も別れはさっぱりしたものだったと言っていたので、ジュリアンの絶望は怒りに変わった。

そしてひと月経ち、怒りで燻《くすぶ》る気持ちを抑えながらの毎日を過ごしたのち、ナサニエル帝の帝位三十周年記念の祝賀会で、ローゼンブルグ女王のエスコート役の薔薇騎士隊長として再び姿を現したロミにまたしても驚いた。

ロミ・リフキンド侯爵、ローゼンブルグ女王直属の近衛隊、薔薇騎士隊の隊長を務める彼女は、衣服は違えども、あの夜この腕に抱いたときのままだった。

しかし、向こうも明らかにこちらに気付いているにも拘らず、知らない振りをしてやり過ごそうとしていたことにジュリアンはショックを受けた。挙句の果てに『初めまして』である。

——そんなに俺とのことをなかったことにしたいのか。

更にその若々しい美貌に目を付けたらしい、気の多いことで有名なマクシミリアン第一皇子にしつこくアピールをされていて。

ひと月前の酒場ではゴロツキの誘いをきっぱり断ったというのに、第一皇子に対しては目上の者に対してとはいえ穏便に断ろうとしている度、あの時とは全然違うじゃないかとイラッときてしまった。

ナサニエル帝がジュリアンを贔屓にして第一皇子は努力が足りないと嘆いていると聞いて、随分と彼に心を寄せるじゃないかと、ジュリアンの中には今まで感じたこともない嫉妬に心を占領された。

それに昨日、自宅でゆっくりロミと過ごすつもりが見習いメイドの自殺未遂とそれを助けるためにロミが危険なことを仕出かした。結果的には見習いメイドもロミも無事で、あんな危険なことをやらかしたくせにロミ本人はけろっとしていた。本気でロミが命を落とすかもしれないと思ったジュリアンの心配や恐怖などどこ吹く風だったロミ。

イラついて彼女を寝室に無理やり連れ込んだはいいが、宮殿に帰る時間になってしまったので、ジュリアンは不完全燃焼だったのだ。

その時のことを思い出したらだんだんとムカムカとしてしまい、ジュリアンは、弛緩《しかん》状態で放心しているロミの身体をグイッと仰向けにした。

「ひゃっ……な、なに……？　ジュリアン……？」

やや眠たげな彼女の足をぐいっと開くと、その太ももの間から愛液と今しがたジュリアンが吐き出した液体が流れている場所に、中指と薬指をいきなり差し込んだ。膣内の混合液を掻き出すようにして内壁を擦《こす》り上げる。

「ひああっ！　やっ、あぁっ！」

半眠り状態だったロミがその刺激で覚醒した。腕を上げてシーツを握り締めながらビクリと身体を跳ねさせる。彼女の赤みがかった長い髪がうねるように広がっていく。

ジュリアンの長い指で腹側の膣壁の一点を刺激され、さらに同じ手の親指で器用に陰核をぐりぐりと押しつぶされたロミは、強い二点の刺激を受けるたびにビクビクと震えてあられもない声を上げ始める。

「あっ！　ああんっ！　そこ、だめ、だめえっ！」

「ん～？　……だめって、はあ、何が、だめなんだ？」

「いや、あ、やめ、だめ、一緒はっ……」

「一緒？　じゃあこっちも？」

その状態で覆いかぶさりながら、ロミの乳房を揉みしだき、既にピンと立ち上がった乳首を口に含むと、舌先で転がしたり強めに吸い付いたりして彼女を弄《もてあそ》ぶ。

「んあっ、や、ジュリアン、らめっ……！」

真っ赤な顔をしてとろんと蕩けた表情になり、ここではないどこかを見つめたまま絶頂するロミ。そのあられもない表情と痴態で、再び鎌首をもたげて雄々しく反り返ってきた雄茎を、絶頂したばかりの敏感な膣孔にグプリと挿入する。

「う、あう……！　まら、イッへぅ、ろにぃ……」

予告も無しの挿入で、ロミは呂律《ろれつ》が回らずヘロヘロな言葉でジュリアンに抗議するが、可愛いだけにしか見えなくて、ジュリアンは劣情を爆発させた。

彼女の太ももを両手でぐっと腰に引き寄せて最奥まで一気に貫く。

「お、ほぉ……っ！」

「ああ、奥、とろっとろだな、ロミ……！　声も可愛い……」

「おね、が……も、ゆるひて……」

「ああ？　ダメダメ。もっと頑張れ、ほらっ」

尻を鷲掴《わしづか》みして腰を動かしながら揺さぶってやると、目を細めながら快感に喘ぐだけでロミは抵抗しなかった。

「んぉ、あ、あぁっ、あん、あぁ……っ」

「ああ、可愛いなあロミぃ？　気持ちいい？」

「うん、いい、きもちい、きもちいぃ……っ、お、ほぁ……」

「ははっ……ははははっ！」

抵抗もなくただ揺さぶられるままに、喘ぎ声を上げて絶頂への道をまた昇り始めるロミ。完全に隷属するロミに、ジュリアンはほの暗い欲情を思いきりぶつけ始めた。

耳が痺れるようなばちゅんばちゅんと肌を打ち付ける打擲音を鳴らしながら、激しく彼女の中を抉《えぐ》るように突き上げていく。

「あんっ！　あっ！　ひぁっ！　んあああっ！」

「ああ、いい。俺はすごくいい。ロミは？　はあ、気持ちいいか？」

「……お、あ、ああ……」

ロミの声はもう言葉になっていない。彼女をここまで乱れさせたという達成感と支配感で堪らなくなったジュリアンは、そのまま覆い被さってロミの熱い身体を抱きしめた。

鼻に抜けるロミの女特有の悩ましい香りに嗜虐《しぎゃく》的な気持ちになり、彼女の首にガブリと噛みつく。

歯形が付くほど噛みついたまま腰を強く打ち付け、ロミが仰け反りながら再度絶頂を迎えて締め付けて来たのを合図に、最後に奥の奥までねじ込むように突き入れる。

「ああ、出る。出すぞ、ロミ……！」

絶頂感でもう喘ぎすら声にならずに荒い息だけを吐いたロミの蕩けた顔を見て、その半開きの唇の間に舌をねじ込むキスをする。上と下を同時に犯しながら、ジュリアンはロミの最奥に射精した。一度ならず、二度、三度と。

しばらく弛緩《しかん》して抱き合いながら、ちゅぱちゅぱと舌を絡ませるキスをしていると、そのうちされるがままになったロミの手がジュリアンから離れてシーツの上に落ちた。

疲れ切って完全に意識を失ってしまったロミに、ジュリアンは再び申し訳なく思ってしまった。

身体を離して繋がりを解《と》いたあと、ロミからだらりと流れ落ちるジュリアンの絶頂の証、その量に自分でも驚いた。

起き出して彼女の身体を清拭し、ブランケットをかけてやってから、その横に潜り込む。

すやすやと寝息を立てるロミを、今度こそ逃がすまいと、ジュリアンはじっと眺めていた。


イーグルトン帝国で自由民から出世した一番有名な人物は、ジュリアン・オーウェン伯爵だと、ロミは女王との会話から知った。

騎士ジュリアンは、若くして自由民の一兵卒として従軍し、地方の魔物討伐や戦争などでめきめきと頭角を現した。その功績により叙勲して貴族の仲間入りを果たしたそうだ。稀《まれ》に見るスピード出世した人物として有名なのだという。

ひと月前の夜、街の人々と軽口を交わし合うくらい人気者だったジュリアンを思い出し、ロミはなるほどなと思った。

『彼はそんなに人気があるのですね』

『自由民の皆にしてみれば、自分たちもやればできるのだと示してくれた英雄なのでしょうね。それで今では皇帝陛下の精鋭よ。聞けば、若い頃に才能を見出した皇帝陛下が支援したのだそうよ。言ってみれば、皇帝陛下の秘蔵っ子ね』

『それだけの才能を持ち、なおかつたくさん努力した結果なのでしょうね』

『加えてあの容姿ですもの。人気が出ないわけがないわ。現に叙勲するまでは数多《あまた》の貴族たちから専属騎士にならないかと打診があったそうよ。主に令嬢たちの要望でね』

『ああ、はは、確かに』

先日の舞踏会で可愛らしい令嬢たちにダンスを申し込まれていたし、街の娼婦にも人気があるらしいあの美貌で、独身の伯爵なら娘を妻にと婚約の打診もあるのだろうなと、ロミは何だかモヤモヤする。

現に自由民出身の叩き上げの騎士であるジュリアンを専属騎士にしようと騎士団長に金を積んで申し込んでくる貴族女性も多々あったようだ。

誰がジュリアンを得るかと揉め事まで起こり、いい加減面倒くさくなった騎士団総団長が、貴様が選べとジュリアンに任せた。

だが若き日のジュリアンは、金切声で揉め事を起こす主人など気が向かなくて守れそうにないからどの令嬢も嫌だと一刀両断したのは有名な話だと女王が笑う。

意外にもその一言で冷静になった令嬢たちはすごすごと戻って行ったそうだ。執着し食い下がるのは貴族として浅ましいと思ったようだった。

あるいは、この男神もかくやという美貌の男にこれ以上嫌われたくないという乙女心なのかもしれない。

『でもマクシミリアン第一皇子殿下は気に入らないらしいわ。……ロミも聞いていたでしょう、皇帝陛下がオーウェン卿を贔屓して、息子には努力が足りないと嘆いていたのを』

『はあ、確かに聞きました』

『父親が自分と同年代の青年のほうを息子のように寵愛するなんて気を悪くしないわけがない。それは私も再三、皇帝陛下に申し上げているのだけれど、やはり人間という者は優秀だなと感じたほうに目がいくものね』

女王は苦笑しながらそんなことを言っていた。舞踏会で見た、第一皇子のジュリアンに対する棘《とげ》のある言い方は、まさにそうした確執から来ているのかもしれないと、ロミは他人事ながらやるせない気持ちになった。

ふと気がついて瞬きをして、今まで眠っていたらしいことに気付いた。全裸な上に身動きするだけで下半身にやや鈍痛を感じるが、大したことはない。

そういえば、と眠る前のことを思い出して、ふう、と一息吐いてからブランケットで胸元を押さえつつむくりと起き上がる。

「帰るのか？」

真横から声がしてそちらを見ると、横向きに寝転がり片腕枕をしながらこちらを見ている裸体の男神がいた。

筋肉質で小麦色の肌、歴戦の騎士らしくあちこちにある傷跡が勇ましい、戦う筋肉を持った極上の肉体を晒し、見えそうで見えない腰ギリギリにブランケットをかけただけのその姿。

——ああ本当にこの男は隅から隅までなんて美しいんだ。これに心を鷲掴《わしづか》みにされているのが何だか悔しい。

しかしその極上の肉体と端麗な顔つきが不満そうなのを見て、今一度小さくため息を吐きながらロミは答えた。

「……起きてたのか、ジュリアン」

「寝てる間にいなくなられるのはもうごめんだからな」

「……そ、それについては謝罪したじゃないかっ」

ジュリアンはことあるごとにそれを言う。ひと月前の、宿にジュリアンを一人放置して帰った件について、彼はまだ腹に据えかねているようだ。

あれから毎晩、意識を飛ばしてしまうほど抱かれた。騎士という職業柄、体力には自信があったため、動けなくなるほどではないが。

――何だか、ジュリアンと初めて会って以来、いけないことばかりしている気がする。

宮殿にいる際の逢瀬は、彼の執務室に夜に訪れて、深夜に貴賓館の自室に戻るのだが、見回りに行っていたという口実での外出なので、一応ついでに貴賓館の周りを本当に見回りながら帰る。よってまだこの関係は女王や同僚にはバレていない……気がする。

嫌なら逃げればいいものを、逃げたくないという負けず嫌いも手伝って、ひと月前まで知らなかった快楽に完全に溺れている。

ジュリアンはイーグルトンの人間だけあって男女のこともかなり手慣れている。ロミと出会う前はこういうことを別の女性にしていたのだろうか。

まあ、ひと月前のことから、娼婦にも知り合いがいるらしいので、おそらくそうだろう。

イーグルトンの少年少女は早熟ということだから、ジュリアンが経験豊富なのは仕方ないかもしれないが、何となくモヤッとする。

――いやいや。彼の過去の女性遍歴を気にしてどうするというのか。今自分以外の別の女性に手を出しているわけでもあるまいし。

頭を振って馬鹿な考えを一掃すると、ため息を吐いて時計を見た。午前一時だ。

今日は珍しく深夜まで抱かれて意識を飛ばしたあと眠っていたらしく、いつもより二時間近く遅い。

「さすがにもう行かないと。夜が明けたら皇族と貴族の皆様が集まる乗馬会だろう？　女王陛下のお供があるし、君だって私と同じく忙しいはず」

「そうか。じゃあ今日は遅いからさすがに送っていく」

「いや、いいよ。何度も言うけど、誰かに見られたら」

「異国の騎士がこんな時間に一人でうろついていたら、よからぬことを企んでいると誤解される。俺と一緒のほうがいい」

――言われてみれば確かにそうか。

しかしこの時間に男女の騎士が二人で何をしていたんだと疑われるのはなあと思ったロミは、その可能性二つを頭の中で天秤にかけた結果、後者を選んで素直にジュリアンに送ってもらうことにした。

「……わかった。じゃあお願いするよ」

ロミがしぶしぶ頷くとジュリアンは満足そうに笑って起き上がり、ロミを抱き寄せてから半ば強引に唇を奪った。

――まるで飼い主に甘える毛並みの美しい大型犬みたいだ。一体何でこんなに好かれたんだろう。

床に落ちていた服を着直して立ち上がると同じく服を着終わったジュリアンにクラヴァットを直

される。非常に甲斐甲斐しい。

髪も整えて身支度をしたあと二人で執務室を出た。

貴賓館までの道の途中にある宮廷内の庭園まで、他愛のない話をしながら歩いてきたところで、二人は妙なものを見た。

がさがさと庭園から走り出て来た人物がいた。整えられた明るい茶色の巻き毛に、服装から上級侍女のようだが、顔を覆って走り出て来たので一体何事かと思ってジュリアンと顔を合わせる。

しかし同じ場所から、ゆっくりと出てきたもう一人の人物に対して、二人揃って目を見開くことになった。

波打つ長い黒髪、夜目にも涼やかな水色の瞳をした男性、見間違うはずもない、この国の第一皇子マクシミリアン・ドズル・イーグルトンその人であった。

第一皇子は侍女が去っていった方を見ながら頭をポリポリと掻いていたが、反対側から来たロミとジュリアンを見つけて驚き、すぐにふにゃりと笑った。

そんな第一皇子の頬にバッチリと平手の痕が付いていることに気付いたロミとジュリアンは再度ギョッとした。

「……やあオーウェン騎士団長。一緒にいるのはローゼンブルグの薔薇騎士隊長どのかな？」

「ロミ・リフキンドです、第一皇子殿下。ご機嫌麗しく存じます。そ、それよりどうなさったんです、そのお顔は」

「殿下、このような場所で一体何を？　それ、今の女がやったのですか？」

「あはは。たった今可愛い小鹿を怒らせたところ」

可愛い小鹿というのは先ほどの侍女のことだろう。彼女は恐れ多くも第一皇子の頬を平手打ちして逃げていったのかと、ロミは青くなった。

――皇族の身体に触れることすら禁忌であるのに、頬を張ったなんて。

「だ、大丈夫ですか？　……殿下に手を上げるなんてそんな。ああ、真っ赤に腫れていらっしゃいます」

「あはは。ありがとうリフキンド隊長、だっけ？　大したことないよ。訓練で肋骨が折れたときに比べたら全然」

「ああ、肋骨は私も経験が……って、そういうことじゃありません！　す、すぐに冷やさないと」

「優しいなあ、リフキンド隊長は。本当に大丈夫だから」

第一皇子はそう言うけれど、明るい肌色の頬に真っ赤な手の跡が痛々しすぎる。

「……その女、不敬罪にあたります。殿下、あの侍女の所属はどこです？」

「嫌だなあ、大ごとにしないでくれよ、オーウェン騎士団長。そういうとこだよ？　君が堅いってのは」

「……今はそういう話はしておりません。論点をずらさないでください」

「あー、本っ当に君はうるさいなあ！　君、父上に可愛がられているからっていい気になるなよ。……はあ、大丈夫だよ。ちょっと別れ話したら怒っただけだから」

「わ、別れ話……」

「あの子とはちょっとの間付き合ってたんだよね」

「侍女とですか？」

「おっと、身分がどうとかやめてくれよ。結婚はともかく恋愛は自由だ。そういうのオーウェン騎士団長ならわかってくれるだろう？　ねえ、君は自由民出身なんだからさ」

「……」

第一皇子の言い方にはジュリアンに対する棘《とげ》がある。聞き間違いではなさそうだ。祝賀会のときに同じように感じたけれど、二人は仲が悪いのか。

ジュリアンはそれなりに第一皇子を敬い気遣っているのだが、第一皇子はそうではないのかもしれない。

まるで聞き分けの無い反抗期の弟とそれを諭す兄のように見えなくもないが。

それはともかくあの侍女を罰することを頑なに拒否する第一皇子に、ロミもジュリアンと顔を見合わせる。

別れ話をしたとはいえ交際の過去があるからには情くらいあるのだろうし、女性に殴られたなんて第一皇子の不名誉に成り兼ねないので、ここでロミとジュリアンが騒ぎ立ててもしょうがない。

「ところで……そういう君たちこそ、その組み合わせでこんな時間に何をしているんだい？」

二人はそれまであの侍女のことをどうするかと考えていたが、その言葉でびしりと固まってしまった。

「見回りです」

頭が真っ白になっているロミをよそに、ジュリアンはしれっと嘘をついた。そういうことにするらしいので、とりあえずロミはアルカイックスマイルで頷いた。

「ふーーーん。見回り、ねえ。男女で、国籍の違う二人で？」

——やはりそう思うよね。何だこの組み合わせと思う、自分でも。

ロミは当たり障りない程度に先月旅行でこちらに来て知り合った友人ですと伝えようと思って口を開きかけた。

「見回りの最中のリフキンド卿が道に迷ったらしく、私も見回りついでに貴賓館へ送っておりました」

ロミが口を開くより先にジュリアンがそう答えた。ローゼンブルグの山野を駆け巡っても迷わないロミが、人工的な建物の中で迷うことなどほとんどないし、貴賓館までの構造は頭に叩き込んであるのだ。しかし勝手に方向音痴にされてしまったので、致し方なくロミはジュリアンに話を合わせて頭を下げる。

「このような時間に迷ってしまい、オーウェン卿には大変なご迷惑をおかけしてしまいました〜」

——全くもう、覚えてろジュリアン。

「……ふーん。そうだったのか。へえええ方向音痴ねえ。こんなところまで来ちゃったのか。こっちって男ばっかりの騎士宿舎じゃない？　女一人で危険だものねえ」

「……」

「……」

ニヤリと笑う第一皇子に何も言えず、しばらく無言が続いていたたまれなくなったロミは、ジュリアンに笑顔で言う。

「そ、それよりオーウェン卿。皇子殿下のお顔の怪我が心配です。早く手当をして差し上げなければなりません」

「ん……そうだな。殿下、お部屋までお送りします」

「別に一人でも平気だけど」

「なりません。皇子宮からこんな場所に護衛も付けずに出歩くなど本来なら言語道断なのですから」

「ロミ隊長、僕はオーウェン騎士団長より君に送ってもらいたいんだけどダメ？」

説教めいたジュリアンの言葉を遮るようにして声をかける第一皇子に、ロミは面食らう。第一皇子はいわゆる女好きなのかもしれない。

呼び方がロミ隊長と距離なしなのも気になるが、それはスルーして、さすがにそのお願いは聞けない。

「あ、いえ。申し訳ないのですが、私は外国人なので何の手続きもなく皇子殿下の宮殿に出入りできません」

「僕が良いって言ってるのに？」

「殿下、規則です」

「君には聞いてないよ、オーウェン卿」

「ダメなものはダメです。……リフキンド卿、ここからなら貴賓館は近い。一人で戻れるか？」

「……だ、大丈夫です！　ああー、そういえば見覚えあるなあー。この、落ちてる花びらなんて特にー」

——大根役者か私は。普通花びらなんて風が吹けばどこかに行ってしまうものを目印にするわけないだろうに、私は一体何を口走っているのか。

とりあえず元気にサムズアップしてみせる。

「では参りましょう、殿下。手当もしなければ」

「……はいはいわかった。あ、ロミ隊長、明日、ってもう今日だけど、乗馬会には来る？」

ジュリアンと共に踵《きびす》を返した第一皇子だが、くるりと振り返ってロミに声をかける。

「は、はい。ハリエット女王陛下のお供で参加致しますが」

「良かった。じゃあその時に僕の馬ラズロに会わせてあげるよ。ローゼンブルグのクライズデールなんだ。とは言っても、生まれはこのイーグルトンなんだけどね」

「……！　皇子殿下がクライズデールに？　なんと、そうでしたか。楽しみにしております」

第一皇子の馬がローゼンブルグでよく見る大型の馬と聞いて、少しだけ親近感が湧いてくる。

隣国の第一皇子がロミの国の馬を可愛がってくれるのは何だか嬉しいものがあった。

「じゃあ乗馬会でね。お休み、ロミ隊長」

「お休みなさいませ、第一皇子殿下。オーウェン卿も」

ロミが深々と頭を下げて顔を上げると、第一皇子は手を振って歩き出した。その後ろでジュリアンがロミの方を複雑そうな顔をして見ていたので、ロミは今一度サムズアップした。

それを見て苦笑したジュリアンは、手をさっと上げて第一皇子の後を追っていった。

二人の親密な様子を横目で見て、第一皇子マクシミリアンは、「ふーん……」と意味深な微笑みを浮かべていた。


皇子宮への道のりをしばらく歩いたのち、無言だった第一皇子は悪戯っぽくジュリアンに声をかけながら振り返る。

「ねえ。本当は見回りなんかじゃなくて、逢瀬だったんだろう？」

やはりそこに気付いてしまったらしい皇子に、ジュリアンはポーカーフェイスを崩すことなく、だが肯定も否定もしないつもりで何も答えなかった。

「……」

「無言は肯定と昔から言うらしいよ。へえ、イーグルトン帝国銀の騎士団長はローゼンブルグの女性騎士に懸想《けそう》しちゃったわけだ？」

「……御想像にお任せいたします」

ジュリアンのその態度に第一皇子は眉尻を片方ぴくりと動かして、気に障ったと言わんばかりに言いたいことをジュリアンにぶつけ始めた。

「ふうん。素直じゃないね、オーウェン卿。そういう話の躱《かわ》し方も上手いって、父上に褒められたのかな？　元自由民は主君に褒められたくて必死だね。父上も、血筋よりも実力重視だとか言って、自由民に媚び売ってばかりで恥ずかしくないのかな」

「……殿下、皇帝陛下はそんな方ではございません」

「そうかな？　貴族連中はみんな言ってるけどね、陛下は青い血筋、歴史というものを何だと思っているんだってさ」

父親への悪口へと発展してしまい、誰が聞いているかも分からない廊下で話すことではないため、ジュリアンはここで諫《いさ》めねばと口を開いた。

「陛下はもちろんそういったものも大事にしていらっしゃいます。貴方様のこともいつも心配していらっしゃるのです。お父上を中傷されるのはおやめください」

「は？　何、説教？　お前がこの僕に？　……父の後ろ盾があるからと言っていい気になるなよ、ジュリアン・オーウェン」

指を差してこちらを糾弾するように言う第一皇子。普段柔和な性格という仮面を被っているが、第一皇子マクシミリアンの本性は激高《げっこう》しやすい性格だったのだ。

これ以上怒らせるのは良くないと思い、諦めたようにジュリアンは頭を下げた。

「……出過ぎたことを申し上げました。殿下」

「ふん……。ああ、そうだ。さっきの話、確かに可愛いよね、彼女。ロミ・リフキンド隊長。健康的で活発そうで、明るくて、おまけに美人だ。僕はああいうタイプの女性が好みだな」

「……っ」

「彼女はたしか侯爵位をもっているんだっけ。年齢も身分も容姿も問題ないし、僕も彼女と仲良くなってみようかな」

「殿下、それは……」

「別にいいだろ？　だって君はさ、ただの見回りをしていただけの関係なんだから」

明らかな宣戦布告だった。ジュリアンは表情を変えることはなかったが、それでも拳《こぶし》を握りしめる力が強くなる。

そう言っているうちに第一皇子宮についてしまった。皇子宮の警備兵が彼の護衛を引き継いだため、ジュリアンは皇子宮の中へ入って行く不敵そうな微笑の第一皇子の後ろ姿を何も言えずに見送ることしかできなかった。

その日は晴天で絶好の乗馬日和であった。

騎士の国と称されるイーグルトン帝国は乗馬が盛んであり、大きな公式行事ではよく社交の場として乗馬会が開かれる。

領地に牧場を持つ貴族であれば、育てた美しく逞しい馬たちを披露して、今後の商売に繋げることもできるため、この皇室主催の乗馬会には多数の貴族が集まることで有名だ。

主催のナサニエル皇帝とマクシミリアン第一皇子も所有する自慢の馬たちと共に参加する。

貴族女性も乗馬服に着替えて馬に乗り、騎士らに引率されながらゆっくりとした並足で馬場を一周したりしてそれぞれ楽しんでいた。

気になる馬の体臭は画期的な消臭の魔法がかかっているので貴族女性たちも気にすることなく乗馬を楽しめているらしい。

ハリエット女王もナサニエル皇帝と共に広い草原の中、愛馬を駆って並走し、競争して楽しんでいる。一応銀の騎士団と薔薇騎士隊の騎士たちが数名、二人の邪魔をしない程度に追走し、ジュリアンもその中にいて、部下に指示しながら二人のあとをついていく。

「おお……！」

——騎馬姿だとより一層あの戦神の像にそっくりじゃないかジュリアン。作者の彫刻家曰く、あの像のモデルは本当に彼だな。悔しいけれど、やっぱり彼は美しい。

そういえばジュリアンとマクシミリアン第一皇子二人をイーグルトンの宝石と言っている令嬢た

ちがいたなと思い出す。確かに違った感じの美丈夫二人、まさに宝石とはなかなかいい例えをするとロミは今更ながら感心した。

ジュリアンの姿を見て、深夜まで彼と過ごしていたことを思い出し、急に顔面に熱が籠ってロミは頭をぶんぶんと振った。

あの素晴らしい身体に愛され続けたら、彼の宣言通りこの二週間で本当に妊娠するかもしれない。いや、ひと月前のこともあるので、もう既に妊娠しているかもしれない。

そうなるとローゼンブルグの民としては少子化の母国に貢献できて嬉しいけれど、ジュリアンとの賭けには負けて彼と結婚することになり、ローゼンブルグを去らなければならない。イーグルトンでやっていけるかどうかも心配だ。

そこまで考えたが、ロミは今一度頭をぶんぶんと振ってその考えを振り払った。

ロミは丘を駆け上がる君主二人の騎馬姿とそれに追走するジュリアン率いる銀の騎士団、続く薔薇騎士隊が遠くなっていく様を微笑ましそうに眺めた。

ハリエット女王は、剣術等は嗜《たしな》み程度だが、社交ダンスとこの乗馬だけは得意だった。

「ふふふ。女王陛下楽しそうだなあ」

普段物静かに執務をし、厳格な雰囲気で内政をこなす氷の女王と呼ばれるハリエットが、緊張から解放され額に汗をかきつつ笑顔で馬を駆る姿が、ロミには眩しく見えた。

丘の上の大樹のところがゴールで、そこまで腰を浮かせたモンキースタイルで駆け上るナサニエル帝とハリエット女王の競争は、僅差すぎてどちらが勝ったのか、ロミの位置からではよくわからなかった。

しばし丘の上で談笑した二人は、やがてゆっくりとした並足でこちらの方に戻って来た。

ロミは女王が降りるのを手伝ってから女王の馬の手綱を受け取る。

「お帰りなさいませ、女王陛下」

「ただいま戻りましたわ。ロミ、その子をお願いね」

「仰せのままに」

ロミに愛馬を預けると、女王はナサニエル帝に向き直る。

「それにしてもナサニエル陛下は女相手にも容赦しないんですから。大人気ありませんこと」

「ははは。ハリエット女王こそ、この年寄りに容赦してくれないではないか」

軽口を叩き合う二人。しかしそこにギスギスした感じはない。

公式の場でしか会えない友人同士の二人だが、会えばこうして乗馬会でどちらが早くゴールするかを競っているのだという。

「はあ、今年こそは差せると思っておりましたのに、残念ですわ」

「年を取ってもまだまだ負けんよ」

女王はどうやらナサニエル帝に敵わなかったようだ。まあ結果的にこの乗馬会の主催のナサニエル帝に花を持たせて良い結果になったが、沈着冷静な氷の女王ハリエットがやや感情を露《あら》わにして悔しがっているところを見ると、女王はかなり本気で勝ちに行ったようだ。

女王の愛馬を専属の厩務員に預け、女王のところへ戻ると、ナサニエル帝とハリエット女王を中心にして人の輪が出来ていた。皆一通り乗馬やら交渉などの社交をし終えて一休みの傍ら、皇帝と隣国の女王に挨拶をしに来ているらしい。銀の騎士団や近衛隊、女王には薔薇騎士隊が側に控えているので、特に問題はなく二つの国のトップ二人は社交を楽しんでいるようだ。

そこに、自身も乗っていた馬を預けて戻って来たジュリアンと目が合う。彼はそのままロミのほうへやって来た。

「リフキンド卿」

「ジュ、ええと、オーウェン卿。お疲れ様です」

「……その、今夜もよろしく頼む」

「あ、ええ……あの、了解です！」

周りに聞こえないように小さな声でぼそぼそ言うので、話の内容が分かっていても何だか気恥ずかしくなる。それはジュリアンも同じらしく、流石に察しろというオーラを発しているので、ロミは努めて事務的かつ元気いっぱいに応えた。

「それと……少しいいか」

「何でしょう、オーウェン卿」

ジュリアンは身をやや屈《かが》めてロミの耳元に声を抑えながら囁いた。

「その……マクシミリアン第一皇子殿下は女性を手玉に取るのが上手い。気を付けてくれ」

「あー……はい」

「お前に興味を持ったようだ」

「え？　殿下が？」

数時間前にやけに距離感の近かったマクシミリアン第一皇子のことを言っているのか。確かに初めて会ったときもそんな感じだったし、ジュリアンは男性に免疫のないロミを心配しているのかもしれない。

「ないよ、ないない。心配しすぎだ、ジュリアン」

「それは楽観的すぎるな。ロミ、とにかく気をつけてくれ。お前の今の恋人は俺だろ。……では後程」

ジュリアンはそう残して踵《きびす》を返し、ナサニエル帝のもとへ戻って行ってしまった。

——恋人。二週間限定の、それも恋人ごっこだ。なのに、どうしてこんなに……

草原を抜ける風がロミの長い髪を揺らす。

ジュリアンの後ろ姿を見て、ロミはそれまでの信念が崩れていくような、でもそれでいて破壊のあとに創造が待っているような、その先々に対する期待と不安が織り交ざった不可思議な感情に支配されてしまう。少し怖くなって思わず目を逸らした。

生まれてから二十一年間ずっと、自分はローゼンブルグの女性として強く誇り高くあれと心に決めて生きて来た。そして母のように薔薇騎士隊長を引退まで勤め上げ、女王陛下をお支えすることが自分の唯一の生き方だと信じてきたつもりだった。

けれど、たった一人の男性との出会いでそれが揺らいでしまうなんて、薔薇騎士となりその隊長を任じられた当初は考えもしなかった。

ふと自分の平らな下腹をさすってため息を吐く。このところ毎晩ジュリアンに抱かれているし、そろそろ来る頃だと思っていた月経がまだ来ていない。

イーグルトンの男は百発百中、だなんてジュリアンは冗談めかして言っていたし、ロミもまさかそんなと信じていなかったけれど、あれほど頻繁に交わっていたらただの冗談では済まないところまで来ているかもしれない。

――だがそのあとは？

彼と結婚して家庭を持つには、最初の目標であった女王陛下に尽くすという道を捨てなければならない。イーグルトンには女性騎士の文化が無い為、結婚後は騎士も辞さないといけない。

騎士としての自分を取るか、女性としての自分を取るか――

ジュリアンとの出会いは、女性騎士として逞しく生きてきたロミの中に「女」というものの本質を開花させた。

それこそ、まさに薔薇の蕾がゆっくりと大輪の花を咲かせるがごとく、甘い香りを放ってロミを支配していくのだ。

今一度ジュリアンのほうを見る。相変わらず仏頂面にも関わらず非常に整った美貌をして、ナサニエル帝の側に凛として立っている。

時折彼に惹かれているらしい令嬢が話しかけているけれど、彼は相変わらず表情を崩さずに任務だからと彼女らを淡々とかわしているようだ。

——そのまま、彼女らに笑いかけたりしないでいてほしい。君の笑顔は私だけが知っていたい。

気がつけばそんなことを思うようになっていた自分に驚く。二週間だけの秘密の恋人ごっこ、ただそれだけだったはずなのに。

先日の舞踏会の際、令嬢たちを冷たくあしらっていたジュリアンに、もっと言い方があるだろうとか、令嬢には優しく接すればいいのにとか、ロミは今とは全く正反対のことすら思っていたというのに。

——私は一体どうしてしまったんだろう。こんな感情初めてだ。

騎士見習い時代に母ノエミや先輩騎士のように強くなりたくて、剣術などが未熟な自分と先輩たちの華麗な技や体捌《さば》きを見て彼女らの才能に感じていた嫉妬とはまた別次元の嫉妬心のようなものが芽生えた自分がいる。

——嫌だ。モヤモヤする。

頭をぶるぶると振って深呼吸し、その気持ちを振り払う。

そうしていると、馬場のほうからひと際大きな馬に乗った人物がロミのほうにやって来たのが見えた。

波打つ長い黒髪に涼やかな水色の瞳、乗馬服をきっちり着こなして馬を駆るその姿、イーグルトン第一皇子マクシミリアン・ドズル・イーグルトン。彼が騎乗する馬は、普通のサラブレッドよりかなり大型の品種で、四本の足首がふわりと毛で覆われている特徴のある姿をしている。

見覚えのあるその馬は、ローゼンブルグの品種、クライズデールだ。

そうするとこれは第一皇子が言っていた「ラズロ」という名の馬だろうか。

ひと目見ただけで、毛並みや筋肉の付き具合などが素晴らしく、第一王子に可愛がられているのがよく分かって、ロミは何だか嬉しくなってしまった。

『第一皇子殿下は女性を手玉に取るのが上手い』

――ジュリアンはあんなことを言っていたけど、純粋なクライズデールをあんなに可愛がっている第一皇子殿下が、そんな悪い男みたいなこと、本当にするかな?

数時間前に庭園で女性と別れ話をして揉めていた様子も見たが、あれはたまたま話がこじれてしまっただけなのではないだろうか。

女性に慕われるお方だから、たまにそういうこともあるだろうし、それでも彼の周りには人が集まるから、決して悪いお人じゃない。そう信じたいとロミは思う。

だってあの馬、ローゼンブルグの女神に愛された賢いクライズデールがあのように懐いているのだから。

馬を見て目を輝かせているロミを見つけたマクシミリアン第一皇子は、まぶしい笑顔でこちらに馬を進めてきた。

「やあ、ロミ隊長、ごきげんよう」

「第一皇子殿下にご挨拶を申し上げます。ご機嫌麗しゅう存じます」

「ほら、この子がラズロだよ。生まれはイーグルトンだけど品種はローゼンブルグのクライズデール」

「この子が……とても素晴らしい馬ですね。毛艶もいいし、とてもいい顔をしていますね。あの、撫でても？」

「もちろん、いいよ」

身体の大きさの割に穏やかな性格をしている個体が多いクライズデールは、割と人見知りをしないので、初めて会ったロミにもラズロは大人しく撫でられている。口元をもごもご動かしているのはリラックスしている証拠だ。

そんな仕草を見ているとこんなに大きいのに何だか可愛らしくて、先ほどまでのモヤモヤした気持ちがあっと言う間に晴れてしまった。

「なんて愛らしい。何だか誇らしいです。我が国の品種がこうしてイーグルトン帝国の皇子殿下に可愛がられているなんて、感動です」

「こちらこそ光栄だよ。いやあ、ロミ隊長とは気が合いそうだなあ」

「そ、そうでしょうか？」

「ねえ君、イーグルトンに来て僕に仕える気はない？　女性騎士の部隊はイーグルトンには無いけど、僕の侍女ならそれなりに高位貴族の女性が務めるものだし、腕に覚えがあるならすごく頼もしいし、割と好待遇だと思うんだけど」

第一皇子の突然の提案に、ロミは目を見開いた。

「あ、あの、大変ありがたいお申し出なのですが、私は女王陛下をお守りする薔薇騎士隊という職に誇りを持っておりまして。なので、大変申し訳ありませんが辞退させていただきます」

「そう？　いい話だと思うんだけどなあ。今の女王陛下はそろそろご勇退なさるだろう？　この機会に考えてみるのもいいんじゃないかな。……何なら僕が口を利いてあげてもいいけど」

「……代替わりしても女王陛下は女王陛下です。薔薇騎士である以上変わらぬ忠誠を誓っておりますので、皇子殿下、どうかご容赦くださいませ」

「……ふーん。気が変わったらいつでも言っておくれ。僕はずっと待ってる。君なら大歓迎だよ、ロミ隊長」

「は、はあ」

第一皇子の誘いを断ってしまい、恐れ多いのと申し訳ないのとでいっぱいだった。ジュリアンにも結婚してイーグルトンに来いと言われているし、人生の岐路ってこういうことをいうのだろうかとロミは考える。

ふと見ると、いつも第一皇子の周りにすぐさま集まってくる令嬢たちが、第一皇子の乗るひと際大きな馬に怯えて遠巻きにこちらを見ていた。ロミが恐れもせずに馬を撫でて、それで馬が穏やかそうにしているのを見て、安心したのかようやく集まってくる。

殿下、殿下と声をかけてくる令嬢たちの声はいつもより小さいが、それでもかなりかしましい。そのためロミはラズロが怯えないか心配になったけれど、さすがは騎士である第一皇子の馬だ。人に会うことが多い主人を持つラズロは人馴れしていて取り乱すことはなかった。

――なんて優秀なんだ、ラズロ。こんなに体格がいいのに優しくて頭も良いなんて、ローゼンブルグ人として誇らしいぞ。

第一皇子は自分を慕う令嬢たち全員に平等な屈託のない笑顔で朗らかに接している。

――これは女性に慕われるわけだなあ。

そういうところはジュリアンとは大違いだなとロミは苦笑する。

ぐいぐい第一皇子にアピールをする令嬢たちに押され、ロミはラズロの胴体の後ろのほうへ押し出されてしまって苦笑する。

――ん？

ふと、視界の隅にキラリと光る何かを発見し、同時に背筋を駆け上る悪意を感じてそちらを見た。ラズロの尻側にいた令嬢が手に何かを持っているのを発見し、ロミは思わずその令嬢の手首を掴んだ。

「きゃっ！」

「君！　一体何を持っている！」

ロミの声に第一皇子を含めた全員が振り返る。そこにいたのは乗馬服を着込んだ華奢な令嬢で、ロミが掴んだ手首の先に何やら尖った物を持っていた。

ロミに手首を強めに掴み上げられた痛みで力が抜けたらしく、令嬢は持っていたものを手放した。

カシャン、と音を立てて地面に転がるのは、目盛りの書かれた割れたガラスの筒、その先に細い針のような物がついている。

――これは、注射器？　一体令嬢がなぜこのような物をこのような場所で？

そう思った瞬間、突如としてラズロが悲鳴じみた嘶《いなな》きを上げて前足を高く持ち上げた。

「うわっ！　どうした、ラズロ！」

馬上の第一皇子が首を振るラズロに振り落とされそうになりながら必死に踏ん張っている。急に暴れ始めた大型の馬に恐れをなした令嬢たちは蜘蛛の子を散らすように逃げ出した。

「痛い！　離しなさいよ！」

ロミのほうに来たイーグルトンの騎士がその令嬢を取り押さえる。彼女は滂沱《ぼうだ》の涙を流しながらも口元を歪めて喚《わめ》き始めた。

「殿下が悪いのですわ！　別れるなんておっしゃるから！」

よく見るとこの令嬢は、深夜に第一皇子と別れ話をしていたあの侍女だ。

ロミは空の注射器の残骸と、騎士に抵抗しながら憎々し気に第一皇子を睨みつける令嬢を見て、この令嬢がラズロに何かを注射したせいで、ラズロが突然暴れだしたのだと悟る。

「皇子殿下！　ラズロは何か薬品を身体に打たれたようです！」

「ただの興奮剤よ！　毒物じゃないわ！　離しなさいよ！」

「な、何？　うわあっ！」

第一皇子が振り落とされてしまい、慌てて駆け寄る騎士たちによって受け止められた。おかげで彼に怪我はないが、ラズロは第一皇子を振り落とした勢いのまま走り出してしまった。


「ラズロ！　待て！　だめだ！」

第一皇子が叫ぶがラズロは止まらない。ロミは反射的に助走をつけて一歩、二歩、三歩目で思いきり地を蹴った。

それこそ山猿のような身軽さで弾丸のように走り、暴れて飛び跳ねながらピョンピョンとおかしな動きで移動するラズロの手綱の先を掴むことに成功する。ラズロが全力疾走していたら絶対に追いつけなかった。

しかし暴れて跳ねる馬の側にいるのは非常に危険だ。ロミは手綱を掴んだまままずるずると引き摺《ず》られてしまった。馬の脚に巻き込まれないように鞍《くら》に手をかけて必死にしがみ付いた。

「ラズロ！　ロミ隊長！」

「殿下、いけません！」

「……っ、ロミ！」

暴れ馬に引きずられていくロミの姿に背後で悲鳴とどよめきが聞こえてくる。

最後に聞こえたのはジュリアンの声？

ラズロを呼ぶマクシミリアン第一皇子の声、取り押さえられてもなお高笑いをする令嬢、騎士らの指示の怒号、第一皇子の取り巻きの令嬢たちの恐怖の悲鳴。全てがラズロの脚力の前に遠くに過ぎ去っていく。振り返るとナサニエル帝とハリエット女王、銀の騎士団と薔薇騎士隊の姿も見えた。

しかし彼らに状況を説明できるわけもなく、どんどん遠くへ引き離されていた。

「ラズロ、落ち、つ、けえええええっ！」

引きずられる身体を建て直して思いきり地を蹴ったロミはなんとか鞍《くら》に置いた手にぐいっと力を入れ、ラズロの背に飛び乗ることに成功するが、それでもなおラズロはロミを振り落とそうと首を振り回してきた。

穏やかな性格のクライズデールがここまで暴れるのは珍しい。よく見ると口から泡を吹いて舌を出しているし、瞳孔が開いてかなりおかしくなっているのが分かった。興奮剤を打ったとあの令嬢が言っていたが、こういうことかと、ロミはキッと表情を引き締める。

「わかった、ラズロ。走ろう。思い切り走って発散しよう！　大丈夫、君はローゼンブルグの馬だ。君には女神様の祝福がある」

こうなったら薬の効果が切れるまで好きに走らせるしかない。クライズデールは体力もあるので、多分まだ大丈夫だ。

「女神様、女神様、どうかこの子をお守りください……！」

なんとか鞍上《あんじょう》で体勢を立て直したロミは、鐙《あぶみ》で合図をして手綱を操り、暴れるラズロをなんとか走らせた。

乗馬会の会場は広い草原になっていて、周りを森に囲まれている。結界が張られているため、森の近くでも魔物は出ないが、結界の外へ出てしまえばその力は働かない。

結界は目に見えないオーラの壁のようなもので、触れても問題はないが、馬が壁と認識する魔道具で作られているので、通常の馬であればそれを回避する。

だが今のラズロは正気を失っているため、その結界を壁と認識できなかった。

「待て、ラズロ、そっちは結界の外だから！」

手綱を操って旋回させようとするも、ラズロは止まらない。とうとうロミはそのまま結界の外、森の中へラズロと共に出てしまった。

結界の外には魔物が徘徊している。どうにか結界の中へ誘導しなければとロミは鞍上《あんじょう》であがくが、大型馬のラズロの力強さにはなかなか勝てなかった。

藪《やぶ》に突入して尖った枝で腕を擦《す》り剥《む》いても、ただラズロから振り落とされないようにロミは必死だった。

苦しげに嘶《いなな》きながら疾走するラズロに翻弄《ほんろう》されながらも、振り落とされないように踏ん張るしかない。

ここで振り落とされたらロミもただでは済まないだろうし、ラズロだってこの結界の外で魔物の群れに遭遇したらきっと喰い殺されてしまう。

そんなことは絶対にさせられなかった。

何十分走ったのか、森のかなり深いところまで来てしまっていた。そこでようやくラズロの走りがスピードを落としてきたのを見て、ロミはラズロの顔をちらと見てホッとした。

瞳孔が開きっぱなしで口から泡をふきながら舌をだらりと出していた先ほどの様子とは違い、目に光が戻って来ていた。

それから間もなく、ロミの停止の命令を聞いてラズロは停止した。

ふー、と大きく安堵のため息を吐いたロミは、鞍《くら》から降りてラズロに異常はないか確認した。

特に怪我などはないようだが、全身汗びっしょりで、体力を多く使って全力疾走したラズロは息をかなり荒くしている。

——可哀想にな。君は全く悪くないのに、痛い思いをして危険な場所まで走らされて。

近くに水場があればいいのだが、あいにく深い森の中、がむしゃらに走ったため右も左もわからなくなっていた。空を見上げて太陽の方向でなんとなく東西南北はわかるけれど、水場の位置までは知らない。とにかく今はラズロを休ませてから、何とかみんなの元に戻らなければならない。

ラズロが足元の草を食べ始めて少し落ち着いてきたころ、ロミは腕にズキリとした痛みを感じていた。

見ると乗馬服の袖の一部がほつれており、破れはしていないがうっすらと血が滲んでいた。藪《やぶ》に入ったときに尖った枝に引っ掛けたと思ったが、傷ついていたとは思わなかった。

これはまずい。血の匂いは怪我をして弱った動物と認識され、魔物が寄って来る可能性がある。

ロミは急いでラズロの手綱を取って促した。

「ラズロ。もう戻ろう。きっとみんな心配している」

鐙《あぶみ》に足をかけ、鞍《くら》に乗ろうとした瞬間、獣の唸り声と、枯れ葉を踏みしめて近づく足跡が聞こえてきた。

嫌な予感がして恐る恐る振り返ると、獰猛《どうもう》な牙を有した狼型の魔獣が五頭、じりじりと距離を詰めてきていた。

狼系の魔獣は嗅覚が非常に優れている。手負いの獣の血の匂いを嗅ぎつけて、群れで狩りをしにやってくるのだ。彼らはきっとロミの腕のかすり傷の血の匂いをに惹かれてやってきたのだろう。

怪我さえしなければこんな奴らに遭遇することはなかっただろうに、なんてついていないのか。

ロミは自分の不注意を恥じた。

——第一皇子殿下の愛馬だ。このラズロだけは守らねば。

ロミは振り返ってラズロを背に庇い、腰に携えていた鞭を取り出して前方にびしっとしならせる。

これ以上近づくと攻撃するぞという威嚇のつもりだ。

案の定地面に当たって土をえぐっていく鞭の動きに、魔獣たちはぴしりと歩みを止めた。その場で唸り声を上げて憎々し気にこちらを見ている。

しばし魔獣たちとの睨み合いが続く。しかし、ロミがふと腕の傷の痛みを感じて目を逸らした瞬間に、魔獣たちはこの機を逃さぬとばかりに襲い掛かってきたのだ。

「くっ！　う、おおおおおおおっ！」

一瞬遅れたが飛び掛かってくる魔獣目がけて思いきり鞭を放つ。ローゼンブルグの山野に棲む魔法生物の剛毛をよじって獣脂でなめして作られた鞭なので、伸縮自在で手首のスナップによりまるで生きているような動きをする。そしてその鞭で弾かれた魔獣の顔面が爆《は》ぜるように弾けた。

「ギャウンッ！」

魔獣が衝撃で地面に転がる振動で、かなり重い個体ばかりなのを感じて戦々恐々とした。たったこれだけの攻撃で相手が怯むはずがない。

よろよろと起き上がった魔獣は肉が爆《は》ぜた血塗れの顔面で憎々し気にロミを睨みつけると、首を大きく上に反らして遠吠えを始める。

アオーーーン、オオオオーーーーン！

――まずい。仲間を呼んでいる。

この大柄の五頭だけでも手に余るというのに、これ以上呼ばれたらたまったものではない。

ロミは駆け出すとともに、大きく地を蹴って高く高く跳び上がった。空中でくるくると宙がえりをしながら魔獣たちの中へ落下していく。

ロミを見上げて驚いた魔獣の顔面を踏みつけ、そのまま地面着地する。ゴキリという音がし、地面に叩きつけられた魔獣はもう動かなくなる。

それを見てようやく動けるようになったらしい魔獣たちは一斉に牙を剥き出して飛び掛かってきたが、ロミは鞭を振るって彼らを弾き飛ばした。だが、仕留めるには至らない。

一匹の首に鞭をしならせて巻き付けると、また地を蹴ってその魔獣の背に手を突いた。魔獣の背の上で逆立ち状態になったロミは、その手を支点にして身体を回転させ、両足を広げて回りの魔獣たちを蹴りで薙ぎ倒す。最後に着地したロミは、鞭を振るって魔獣を解放すると共に、周りにいた他の三体にその解放した個体の身体を投げつけてやった。

しかし、すぐさま飛び退ってラズロの元に戻ろうとしたところで、先ほどの遠吠えによって集まったらしい別の個体が現れた。

背や尻に飛び掛かられて悲鳴じみた嘶《いなな》きを上げて暴れるラズロに駆け寄ると、魔獣たちに斬りかかった。だがあまりに固い筋肉で覆われた魔獣であったため、表皮に若干の傷をつけた程度で弾かれてしまった。

こういう時、力より技の女騎士というのは不利なものだ。仕方がなく鞭で薙《な》ぎ払って遠ざける。キリがない。完全に多勢に無勢で、しかも消耗戦だ。魔獣たちは連携してロミたちを追い詰め、こちらの体力がなくなるのを待っているのだろう。

背に庇うラズロの息がブルブルと荒い。

——本当にこの馬は可哀想だ。何も悪いことはしていないのに暴れさせられ、しかもこんな危険な場所で命を脅かされているなんて。

そんな考えに一瞬囚われたとき、腕の傷の痛みと緊張、そして疲労のためかロミは一瞬反応が遅れた。奇声を上げながら跳び上がる一匹のひと際大きな魔獣相手に、反撃が間に合わないと踏んだロミは腕を交差して防御の姿勢を取った。

魔獣の牙が迫る瞬間、ロミが思い描いたのは、戦神を彷彿とさせる逞しい美丈夫、金の髪に晴れた夜空のような瑠璃色の瞳を持つ、ジュリアン・オーウェンその人の笑顔だった。

——こんな私を好きだと言ってくれた彼に別れも言えないなんて。勝手にいなくなられるのはごめんだと彼は言っていたのに、私ときたらまた……

彼の胸に抱かれた温もりが、耳元で囁く愛おしい声が、甘ったるくて優しい口づけが、走馬灯のように駆け巡って、指の隙間から零れ落ちていくのを、ロミは感じていた。

しかし、次の瞬間に襲い来るであろう衝撃と痛みは、ついぞ訪れなかった。

魔獣の呻き声と共に、ドサリと地面に何かが落ちる音がした。薄目を開けると、それは先ほどロミに襲い掛かった魔獣の、首のない胴体であった。

ゆっくりと目を開けたロミは、次々に襲い来る魔獣を見事な体捌《さば》きで斬り伏せていく一人の騎士を見た。

森の中でもキラキラと輝く金の髪、あのような大柄な魔獣を剣の一振りで斬り伏せる、本当に戦神のようなその姿。

戦神の猛攻により次々に落とされていく仲間の首を見て、魔獣たちはだんだんと後退《あとず》さり、ついには逃げ出す個体もいた。

ロミ一人であんなに苦戦していた恐ろしい魔獣たちをあっという間に倒してしまったその騎士は、最後の一頭に剣をぐさりと突き立てて息の根を止めると、返り血も生々しい騎士服のマントをたなびかせて振り返る。

ロミが死を感じた瞬間に脳裏に思い描いた、ジュリアンその人であった。

「ロミ！　無事か？」

その声で、ロミは息を吐き出した。息を止めていたことにも気付かず、息が切れてへなへなと地面にへたり込んでしまった。

情けない。騎士である以上こうして魔獣と戦うことなんてローゼンブルグでもあったことなのに、死の恐怖を感じた後、助かったら安堵してへたり込むなんて騎士として失格だ。

すっと目の前に差し出された手に、見上げるとジュリアンの心配そうな顔があった。

よろよろと震える手を伸ばして彼の手に掴まってようやく立ち上がったロミは、辺りの血と獣臭にうっぷと鼻と口を押さえる。それまで緊張していたせいか匂いも何も気にならなかったのに、危険が去った安堵感から嗅覚が一気に覚醒したらしい。

「き、来てくれたのか、ジュリアン。……ありがとう、命を助けてくれて」

「……っ、また無茶しやがって、この馬鹿！」

感謝の言葉を述べたのにジュリアンから返ってきたのはそんなお叱りであった。

しかし、無茶をしたことは認める。不可抗力とはいえ結界を抜けて、魔物の蠢《うごめ》く森のこんなに奥深くまで来てしまうなんて。

「ごめん、確かに無茶をしたね」

「……お前が対応することなどなかったじゃないか」

「クライズデールが暴走するのを見ていられなかったんだ。それに、第一皇子殿下が暴れたラズロを見て悲痛そうにしていたし、放っておけなくて」

「……殿下に随分心を砕いているな。まさか惚れたのか？」

「惚れ……？　な、何でそんな発想が出てくるんだ？　……はあ。違うよ、同盟国の第一皇子殿下に敬意を払っているだけ、だから……」

もっと言い返すつもりが、何だか頭がくらくらしてしまい、腕の傷もじんじんと痛みを増してきて、それ以上言葉を続けるのが面倒になってしまった。

しかも気が付けば空は夕闇を迎えていた。ここから戻るとなると、ラズロに乗って行かねばならないが、ラズロもまた満身創痍だ。

「……ロミ、大丈夫か？　怪我をしているな」

「ジュリアン、君が文句を言いたいこともわかるし早く戻らねばならないのもわかっているけれど、ラズロも私も満身創痍だ。しばらく休ませてくれないか」

「……っ、分かった。だがここを離れよう。この森はよく知っている。水場の近くに休めるところがあるからそこに行くぞ」

「ああ、ありがとう」

――水場があるのはありがたい。緊張感から解放されて喉がカラカラだし、ラズロにも水を飲ませてあげなくては。

ジュリアンが自身の乗ってきたらしい馬に乗り、ラズロの背に乗ったロミを誘導してくれた。

ジュリアンが先導してくれた先には小川があり、そのすぐ脇に猟師小屋のようなものがあった。

この森には魔道具の素材として売れる魔物を狩りに来た漁師や冒険者などが休めるように水場の近くにこういう掘っ立て小屋のような物が点在しているそうだ。中に焚火《たきび》台のようなものと、上の窓に抜ける煙突のようなパイプが設置されていて、小屋内で焚火《たきび》をしても煙が外へ逃げるようになっているらしい。

馬たちに水を飲ませてからその小屋の脇の下草の生えた木に繋ぐと、ジュリアンは懐から何やら小瓶を取り出して、中の液体を小屋と馬のいる付近に振りまいた。この森に入る前に色々と持ってきたらしい。

「これは魔物避けの聖水だ。丸一日効果があるから、今夜はここで休もう」

この小屋に着いた頃には日はとっくに落ちてしまい、小屋に置いてあったランタンの灯りが無ければ手元も足元も危うい。

こういう時に長距離移動するのはとても危険だ。なので今夜はこの小屋で一泊するしかなかった。

森に入る用意など何もしていなかったロミは、馬に色々と道具を積んで来てくれた機転の利くジュリアンに感動した。

何でも人にやってもらう貴族はそういう発想はなかなかできないものだ。やはり自由民出身で叩き上げの騎士であるジュリアンは、酸いも甘いも噛み分ける大人の男性だった。

――年齢はたしか四つくらいしか離れていないはずなのになあ。

携帯食のビスケットを見た瞬間にロミの腹がぐーっと鳴って、いつぞやのことを思い出したジュリアンが爆笑していた。

――もういいや。笑ってくれるならそれでいいよ。

小屋にあったもので焚火《たきび》を起こし、携帯食で腹を満たすと、焚火《たきび》に手をかざしながら、その温かさに何だかホッとした。

夜の森は夏でも凍死者が出るほど寒いことがある。確かに少し肌寒くなってきた気がして、ロミは二の腕を擦《こす》った。

「っ……！」

そういえば先ほど藪《やぶ》に引っ掛けて怪我をしたことを思い出す。上着を脱いでみると、白いブラウスに結構な大きさで血が滲んでいた。

それを見たジュリアンが慌てて立ち上がりこちらにやって来る。

「大丈夫か？」

「血を見たら痛くなってきたよ。はは」

「笑ってる場合か。手当しないと」

ジュリアンはそう言って今一度立ち上がって乾いた布と塗り薬とスキットルを取ってから戻って来た。本当に用意がいい。

傷の場所が二の腕なので、ロミはシャツも脱いだ。脱いだシャツで胸元を隠しながらジュリアンに患部を差し出すと、彼はスキットルの中のスピリッツでロミの傷を消毒して塗り薬を塗布し、乾いた布を包帯替わりに巻いてくれた。

「血が出た割にそこまで大きな傷じゃなかったみたいだな」

「良かった。あまり大きな怪我だと任務に差し支えてしまうからね」

「……女が肌に傷がついて嘆きもしないなんて、ロミは本当にローゼンブルグの女なんだなあ」

「そうかな。傷って生きていれば絶対にできるものだし、騎士はそんなことで嘆かないだろう？」

「女である前に、騎士なんだな。俺の未来の嫁さんは」

「ぶっ……よ、嫁さんって。ま、まだ賭けの勝敗はついていないよ」

この秘密の恋人ごっこと称して二週間身体を重ねて、妊娠したらジュリアンの勝ちとして彼に嫁ぐというなんとも淫らな賭けをしているが、改めて「嫁」などと言われると何だか恥ずかしくなってしまう。

取り繕うようにジュリアンに背を向けてシャツを着る。ボタンを留めようとしたその手を後ろからつかまれて止められ、ロミはそのままジュリアンに抱きしめられた。

「ジュリアン……？」

「無事で良かった……本当に」

深呼吸するみたいにそう言われて、ロミはジュリアンが心から安堵しているのを感じて心が温かくなった。

死を覚悟して走馬灯のように浮かんだジュリアンが、颯爽と助けに来てくれたことが本当に嬉しい。そして無事だったことに安堵してくれたのがありがたくて涙が出そうだった。

「えっと……助けに来てくれたとき、本当にすごく、その……素敵だったよ、ジュリアン」

「……！　何言ってんだか」

自信に満ち溢れ余裕があるはずのジュリアンが、一瞬言葉に詰まった。恥ずかしげに顔を背ける仕草が何だか新鮮だった。

「君は本当に強いんだなって実感した。君は私を強いと言ってくれたけれど、私なんか君の足元にも及ばないみたいだ」

「……そんなことはないさ。適材適所というだろ。たまたま俺は魔物討伐の経験があってこの森と魔獣に詳しかっただけだ。ロミはよくやってる」

「そうかなあ……」

「多分、明日帰ったらお前は英雄になってるよ。第一皇子殿下の愛馬を救ったって」

「ははは、ではその私のピンチを救った君はもっとすごい英雄かな」

「……そんな英雄を、夫にするつもりはないか？　ん？」

ジュリアンの色を含んだそんな言葉に、ロミは途方に暮れたような顔をして振り返った。

いつもならまだまだ勝敗は着いてないぞと軽口を叩きそうなものなのに、ロミの表情はなんだか浮かなくてジュリアンは目を見張った。

「ロミ……？」

こちらを覗き込むジュリアンの瑠璃色の瞳と視線が絡んだ瞬間、ロミは顔を歪ませ、そのままボロボロと大粒の涙を流し始めてしまったので、ジュリアンは慌てた。

「ど、どうしたんだ？　俺は何か悪いことを言ったか？」

「ちが、ひっく、自分が、情けなく、て、悔しくてえええええ」

第一皇子の愛馬のラズロを助けたかった。ラズロを失いそうになっていた第一皇子を安心させたかった。そう思ったら咄嗟に身体が動いてラズロの手綱を掴んでいた。しかし暴れ馬と化したラズロを制御できずに、ロクな装備もないまま結界を越えさせてしまい、挙句魔獣に襲われて命を落としかけるなんて。

勇気と無謀は違う。

薔薇騎士隊長という高い地位に就いて、どこか慢心があったのだと思う。ローゼンブルグの女は強くあれと言われてきたゆえに、その頂点に立ったという慢心。あの咄嗟の行動も、自分にならできるはずという慢心から生まれたものだと今ならわかるし、頭の回転の速い歴戦の騎士であればあんな行動は取らない。

ジュリアンが来てくれなければ今頃は魔獣たちの腹の中に納まっていたかもしれない。

ラズロを守りたかっただけなのだが、もしここでロミが命を落としていたら、イーグルトン国内でイーグルトン国民の過失により、同盟国ローゼンブルグの貴族が命を落としたと、両国の間で国際問題に発展したかもしれなかったのだ。

冷静に考えたら分かるはずなのに、緊張していたせいかそこまで考えなかった。どこまで自分は愚かで未熟なんだろうと、情けなくて悔しくていくらでも涙が出てくる。

恐ろしかった。あの一瞬よりも助かった今のほうが、死の恐怖の凄まじさを感じて、手先がぶるぶると震える。

そのくせ死を感じた瞬間に思い出したのは男神のようなジュリアンの顔で。

「うっ……ジュリアン、わた、わたしはっ……」

一期一会だ、二週間の戯れだ、ジュリアンに迷惑をかけたくないから一人でなんとかできる、そんなことで意地を張っていたくせに、死を前にしたときは彼を残して死にたくないという、騎士の信念でも何でもない、ただの女の本音ばかり。

そんなことを、嗚咽を交えて話すものだから、しゃくり上げすぎて自分でも何を言っているのか分からないロミ。ジュリアンはロミの突然の涙に焦りながらも、「大丈夫か」「ゆっくりでいいから」「この際言いたいことは全部吐き出せ」と根気強く話を聞いてくれた。

「ひっく、こ、こんなんじゃ、君の足、引っ張るばかりでっ……。き、君の妻になんてふさわしくないっ……！　君を、支えること、なんて、ひっく、でき、できないぃっ……！　私は、弱いただの女なんだ……！」

しゃくり上げながらの言葉を何とか聞き取ったジュリアンは、その言葉を頭で反芻《はんすう》して目を見開き、ロミの肩にがしりと手をかけ、彼女をくるりと振り向かせた。そして興奮を隠せないような、ほんのり紅潮した顔でロミに聞く。

「……っ、ロ、ロミ、もしかして、俺の勘違いじゃないよな？　俺との結婚、考えてくれてるのか？」

ジュリアンの言葉で、ロミは自分が何を口走ったのか気付いて口元に手を当てた。

「……～～～っ」

「なあ、どうなんだロミ？」

「……か、考えてるよ……そこは、ちゃんと、考えてる……」

鼻をすりながら、真っ赤になって消え入るように答えたロミに、ジュリアンは感極まって彼女を思いきり抱き締めた。力いっぱい抱きしめたあと、一度離れると、今度は涙に濡れたロミの顔を両手で挟み、噛みつくように口付けてきた。

「あんぅっ……」

「ん、ちゅ、はあ、ああ、ロミ、ロミ……！」

角度を変えて舌でロミの口内を蹂躙《じゅうりん》し、唾液のからまる妖しい水音を響かせながら、ジュリアンの激しい火のような熱い口づけは、ロミの理性をどんどん奪っていく。

ちゅぱっと音を立て、唾液の糸を引きながらようやく離れたあとは、ジュリアンは先ほどのように力いっぱい抱きしめてきた。ロミもそれに応えるように彼の背に腕を回す。

もうずいぶんと慣れてしまったはずの、ジュリアンの堅い腕。頼もしさを感じる厚い胸。そして冷えた外気から守ってくれる切ない温もり。

――ああ……ジュリアンがここにいる。

たったそれだけのことが、今までロミを縛り付けていたしがらみから、素直な心を解放していくのがわかった。

「……本当はね」

「うん？」

「一期一会だとか、君に迷惑をかけたくないとか、そういうことを言ったのは、ただの……強がりなんだ。ほかにも色々問題はあるけど、そういうの関係なく本心だけで言ったら、私は……」

「……」

「私は……君のことを愛しているみたいだ。二週間の関係だとか、恋人ごっこだとか、ずっと意地を張っていたけど、このことを伝えられないまま死ぬのは絶対に嫌だって、さっき思ってしまったんだ……」

一度死の恐怖を味わった心は、愛情に飢えてしまうものだ。

ジュリアンと二週間の淫らな賭けをしたような強がりも、子供ができてもジュリアンには依存したくないという遠慮も、死の恐怖というものの前では全く力をなさなかった。

人は簡単に死ぬ。まして騎士という職業なら尚更だ。それなら素直になって愛をちゃんと伝えなければ後悔するのではないか。色々と問題はあるけれど、それは後回しでいい。

そんな風に思ったロミから出た本心の言葉だった。

「恋人ごっこじゃ嫌だ。本当の恋人になりたいって、思ってしまったんだ……」

「……ああ、ロミ……！」

ジュリアンがロミを抱きしめながら彼女の肩口に顔を埋める。ロミもまた、彼の首筋に触れるだけのキスを落とし、最後にジュリアンの耳たぶに口づける。ロミの忘れ物のピアスを付けたほうの耳だ。

「おい……」

「ふふ、片割れのピアスだ。これが再び私たちを結んでくれたのかも」

何の値打ちもない小さなシトリンと女性向けの細工の銀のピアス。片方しか無くてちっぽけなそれが今やなんて愛おしいのだろう。

そこに今一度口付けると、ジュリアンが悩ましいため息を漏らした。

「……そういうことしてあまり煽るなよ」

ジュリアンの困ったような言葉に、ロミはふと抱きしめた腕を緩めて彼の顔を覗き見た。

「その、今日は、男女のこと……しないの？」

「今日はやめよう。だってお前、怪我してるだろう？　無理しないほうが」

腕の怪我のことを言っているらしい。でも我慢できないほどの痛みではないのに、ジュリアンは随分と大げさに心配しているみたいだ。

「こんなの大したことないけど……」

「ダメだ」

ジュリアンの目が今日は絶対しないと言っている。

その強固な意志を思わせる引き締まった口元に、ロミは吸い寄せられるみたいに自分から彼に口付けた。

一瞬チュッと触れるだけのキスだったが、ジュリアンの目を見開かせるのに十分だったらしい。

まった。

「……今のは、ロミが悪いっ」

ガバッと抱き寄せられて、噛みつくように口づけられて、口内をあっという間に蹂躙《じゅうりん》されてし
「う、んぅっ……は、あ……」

「ん、はあ、しょうがないから、今日はキスだけな」

「う、うん……ん、んん」

キスをしたまま、シーツ代わりに敷いたジュリアンのマントの上に横たわり、夜の森の冷気で冷えた身体を暖め合う。

「……なあロミ。俺はさ、別に強いパートナーが欲しくてお前に結婚しようって言ったわけじゃない。俺、言ったよな？　お前に惚れたんだって」

「う、うん」

「はは、大好きだから一緒にいたいって、ただそれだけの青二才みたいな感情なんだよ。信じてほしい。……確かにあの夜のことで脅して、この二週間で孕ませるとか、恋人ごっこだなんて言って、さらに子供ができたら俺の勝ちで結婚しようなんて、馬鹿みたいな賭けをしてたけど、それは半分方便」

「そ、そうなの？」

「二週間抱き続ければ、ロミはそのうち俺を好きになってくれると思ったんだ。身体の関係から芽

生えるものだってあるって信じてたからさ。実際お前、嫌がってなかった気がするし……」

「……」

確かに嫌がってなかったと思う。ひと月前にジュリアンに抱かれたときも、破瓜《はか》の痛みを恐れて一瞬拒否をしたが、以降は彼をすんなり受け入れて、何なら自分から身体を差し出したこともあった。

彼が与えてくれる快楽に溺れたのもあるが、好きでもない男とはこんなことできないと思う。考えただけで気持ちが悪い。

「……こんな未熟な私でも、君はいいんだろうか」

「ロミだからいいんだ。それに、お前は未熟なんかじゃない」

「……結婚については、考えてはいるけれど、まだ決心がつかないことも多いんだ。薔薇騎士隊は、せめて今の女王陛下がご勇退されるまでは辞めたくないし、騎士であることにも誇りをもっているから……」

「大丈夫だ。待つさ、いくらでも。もう何も連絡手段がない一期一会の旅人ではないからな」

ジュリアンはそう言ってこの上もない笑顔でロミを見た。

「ロミは、俺の女神だ。『女神の魅力には敵わない』って言葉、嘘っぱちじゃなかったんだな」

——何を言っているのか。君だって私の男神だ。男神に惚れた女もまた、その魅力に敵うはずがなく、全てを捧げたいと思う。

答える代わりに身を寄せると、ジュリアンはそのまま熱い口づけを落としてきた。

一緒の床でただキスをして抱き合って眠るだけ。たったそれだけで他に何もしなかったのに、ロミは心底までジュリアンに抱かれた気がした。


明け方、小屋の堅い床に藁を敷き、その上にジュリアンのマントを敷いた寝床で目覚めたロミは目の前の光景にいつぞやの朝を思い出していた。

ひと月前のあの朝の光景のような、目の前でまどろむ男神の美貌が広がって大変眼福な朝。恋人が側にいる、幸せな朝だ。

髪色と同じ金色の長いまつ毛。黄金律に整った美貌にほわ〜っと見惚れていると、閉じたまつ毛がぴくりと動き出す。

「ん……」

「おはよう、ジュリアン」

「ああ、おはようロミ……」

「あ、おいおい」

ジュリアンはそのままロミに抱きついて覆いかぶさり、ロミを抱きしめた。

「ああ……ちゃんとここにいるな、ロミ」

そのむにゃむにゃとしたセリフから、ジュリアンはひと月前こうして目覚めたかったのだと悟る。

そして、それが実現していたらどんなに幸せなことだっただろうと実感した。

「……私はここにいるよ。もう君に何も言わずにどこかへ行ったりしない」

「ああ……ふふ、頼むぜ、本当に」

「えへへ。うん……大好きだよ、ジュリアン」

「ああ俺も。俺もロミが大好きだ」

「私は君のことをすごくすごーく愛してる」

「お前より俺のほうが愛してる」

変な意地の張り合いみたいになって、次の瞬間二人で吹き出してしまった。

あのとき時間がなかったとはいえ、もう少しだけいてあげれば良かったのかもしれない。そうすれば、この幸せな朝をひと月早く迎えられたのに、随分遠回りしてしまった。今思えば何だか馬鹿馬鹿しい。

「……それよりロミ、よく眠れたか？　怪我の具合は？」

「大丈夫、ぐっすりではないけど、ちゃんと寝たよ。怪我も、今は触らなければ痛くないし」

「そうか、良かった。……そろそろ起きて戻ろう」

「うん」

そう言って起き上がると、ふわ～と欠伸《あくび》が出たロミを見て、ジュリアンもまた欠伸《あくび》をひとつ。それに気付いて二人で再び吹き出す。

さっと身支度を終えて、また携帯食料で軽く腹を満たしたら、白み始めた東の空を見て位置を確認し、馬に乗って出発することにした。

魔物避けの聖水が効いていたようで、馬たちは小屋の外でも襲われることなく過ごしていたようだ。あれだけ暴走して満身創痍だったクライズデールのラズロも元気に下草を食べていて、薬剤の後遺症も見られないようなので、ロミは安心した。

魔物避けの聖水を身体に振りまいてから馬に乗って、ジュリアンの示す安全ルートをゆっくりと進み、昼過ぎ頃にようやく昨日の馬場のある場所へ戻って来れた。

森の魔獣たちと戦い衣服が破れたりほつれたり、魔獣の返り血がついたりしたロミたちの姿を見て、騎士や使用人は二人を強引に宮殿へ連行した。

無事に戻ってきた第一皇子の愛馬、クライズデールのラズロは、多少の疲労はあるようだが元気だ。しかし暴れた経緯が薬物によるものなので、これから獣医の診察を受けてしばらく休養させるとのことだった。

＊＊＊

ジュリアンと別れたロミは、貴賓館の宮廷メイドたちに連行されて、まずは医師から怪我の手当を受けたあと、三日間の休養を余儀なくされた。

藪《やぶ》の尖った枝が刺さっただけの、出血のわりに小さな怪我だったので三日も休養はいらないと申し出たロミだったが、ハリエット女王がそれを許さなかった。

「そなたの、同盟国の第一皇子に敬意を払ったゆえの行動は賞賛に値します。ですがあの行動は無謀でした。私は常日頃から言っていたはずですよ、危険なことはするなと。正直言って、そなたには失望しました」

「陛下、申し訳ありませんでした……」

「ですから、本日より三日間は私の護衛の任務を解きます。副隊長がその任を引き継ぎますから、そなたは大人しく休むこと。いいですね、ロミ」

「……はい。仰せのままに」

あの森でジュリアンにも同じように説教をされたが、やはり自分の咄嗟の行動は人に迷惑をかけてしまったようだ。実際にあれから乗馬会は途中で中止になってしまったことを女王が話してくれた。

「ですが……そなたと銀の騎士団長のおかげであのクライズデールは助かりました。クライズデールは女神様の馬とされていますからね。ロミ、女神様はきっとそなたを賞賛してくださることでしょう」

「……いえ、でも、私は殆ど何もできず、オーウェン騎士団長が来てくださらなければ、生きて帰ってこれませんでしたし」

「そなたがあの行動を取らねば、オーウェン卿も森に向かわなかったでしょうし、あの馬はきっと助からなかった。無謀だとお叱りは受けても、賞賛されるべきことをしたのです。少しは誇りなさい。それに……」

「？」

「そなたの勇気ある行動はイーグルトンの貴族の皆さまの心に響いたようです。貴族の皆さま、特に娘をお持ちの方々は、イーグルトンにも女性騎士隊の設立をと陛下に進言したそうです。騎士の国ですから、きっと近いうちに設立できるかもしれません」

「……！」

「無謀な行動も、少しは役に立ったのかもしれませんわね」

女王の暖かい言葉に、ロミは目頭が熱くなる。その言葉とこれまでの反省を胸に刻み、ロミは命令された通りに三日間の休養をすることとなった。

貴賓館に与えられた部屋で、一日目は医者に風呂とトイレ以外はベッドから出てはならないと言われた。

小さな怪我なのにどうしてと聞くと、イーグルトンではそもそも魔物のいる森は魔物から発生する魔力のようなものが空気中に含まれているため、あの森に入ったあとは一日様子を見ないといけない決まりになっているらしい。

ではー緒に森に入ったジュリアンもそうなのかと聞くと、彼はきちんと森の魔力にあてられないよう事前準備をしてから入ったので、今日も騎士団で元気に働いているらしい。ロミは羨ましくてたまらなかった。

ちなみに、このように丸一日様子を見るのは、イーグルトンでは何もせずに森に入って調子を崩した子供くらいで、大人でこの処置をするのは久々だったと医者は苦笑しながら語っていた。

——あの森でジュリアンと結局一晩何もなかったな。男女のことをしなかったのは、怪我のほかに森の魔力のこともあったからなんだろうな。とにかく休めって一晩中言ってた気がする。

何もせずにただ抱き合って眠ってロミの心は満たされた。気持ちを確かめ合った直後だったせいか、ジュリアンの下半身は昂《たかぶ》ってしばらくロミの腿《もも》あたりをぐいぐい押していたのだが、ジュリアンは頬を若干赤くしながら「ほっとけばそのうち収まる」と言ったのみで、決してことに及ぼうとはしなかったのだ。

今日のロミは食事もベッドで摂り、薬湯の風呂で身体の毒素を抜いたあとは、トイレ以外はひたすらベッドで横になっていなければならず、腕以外は元気なロミは、寝ようにも眠れなくて暇を持て余していた。

暇つぶしにとメイドが持ってきた新聞もすっかり目を通してしまった。乗馬会のトラブルについては箝口令《かんこうれい》が敷かれているらしく、ただ一行「予定よりも早く終わった」と途中で中止になったことがそっけなく書かれていただけだった。

ただ横になって目だけ冴えているという状況でだらだらと何時間過ごしたのかと思っていると、

メイドが来客を告げた。

一体誰が来たのかと思っていたら、メイドに案内されて部屋に入ってきたのは花束を抱えたジュリアンであった。

「大丈夫か、ロミ」

「わざわざお見舞いにきてくれたのかジュリアン。でも仕事は？」

「時間を貰ってきた。このあと訓練があるから戻るが」

そう言ってロミに花束を手渡す。甘い香りを堪能したあと、メイドに手渡して花瓶に生けてもらった。

「退屈しているだろうと思ってな。昨日あれからどうなったのかという情報を土産に持ってきたぞ」

「えっ、ホント？」

ジュリアンはこくりと頷いて、話し出した。

騎士団の取り調べによると、クライズデールのラズロに興奮剤を打って第一皇子を落馬させようとした令嬢は、やはりあの深夜に第一皇子と別れ話をしていた女性と判明した。

彼女は薬師家系の貴族令嬢で、彼女の家では簡単に持ち出せるくらい薬品の管理が杜撰《ずさん》だったそうだ。

彼女は皇子宮の侍女の一人で、第一皇子マクシミリアンの寵愛を受けていたのだが、どういうわけか第一皇子が彼女に別れを切り出した。それがあの深夜、第一皇子が平手打ちの跡を付けていた理由だった。

思い込みの激しい性格の令嬢はそのことで暴走し、第一皇子を落馬させて愛馬に裏切られればいい、それで亡くなったら、後を追うつもりだったと笑いながら自供した。

このような凶行に及び、第一皇子が死んだら、彼女は極刑どころか家門断絶である。しかしすでに壊れてしまった彼女はただ涙を流して薄気味悪く笑うだけだった。

彼女は伯爵家の令嬢で、両親の意向で第一皇子宮勤めをしていたらしい。器量も良かったため第一皇子の目に留まって寵愛を受けていて、いずれは第一皇子妃になると言われていた人物だけに、周囲の人間がとても驚いていたそうだ。

「……そうだったのか」

「だが第一皇子殿下はあの夜と同じく彼女には寛大でな。本来なら皇室の人間を殺害しようとした罪は重いのだが、殿下は恩情をと陛下に申し出ている」

「……でも、いくら殿下と陛下が情状酌量しても、極刑以外だと家の爵位の大幅な降格か爵位そのものの剥奪は避けられないのでは」

「だろうな。娘は良くて修道院送りだ」

「後味が悪いね」

「ああ……。これで第一皇子殿下の花嫁選びは降り出しに戻ったと陛下と大臣様たちが嘆いていたのを聞いたよ」

「ああ～そうなんだ。その令嬢は本当に期待されていたんだね。そんな人をどうして皇子殿下は振ってしまったのかな？　前から心を病んでいたとか」

「騎士団で聞き込みをしたが、そういうことはなかったらしいぞ。多少気が強いところはあったようだが、それくらいでないと将来皇子妃なんてやってられないだろうし」

やはり第一皇子の心変わりが一番の原因か。もしかして第一皇子は思いつきで行動したりする癖があるのかもしれない。あの乗馬会の日にロミはクライズデールの話で気が合いそうという理由だけで第一皇子に侍女にならないかと言われたのだ。

「は？　侍女？」

そのことをジュリアンに話すと彼は血相を変えてロミに詰め寄ってきた。

「もちろん断ったんだよなロミ？　今回のことでよくわかったと思うが、殿下が侍女になれと言うなんて、婚約者候補になれって言ってるようなもんなんだぞ」

「ちゃんと断ったし、私が婚約者候補なんてあるわけないよ。国籍も違うし、恐れ多い」

そんな風に笑い飛ばしたロミだが、その時メイドが入ってきてこう言ってきた。

「お見舞いが届いておりますが……」

何事かと思ったロミだったが、その後すぐにぶわっと部屋中に薔薇の香りが広がり、ジュリアンと面食らう。

メイドや執事たちが部屋にぞろぞろと運んできたのはたくさんの大輪の薔薇、それにドレスや宝石、美しい絹織物、職人の超絶技巧による芸術品などだった。

そして最後に執事がロミに恭《うやうや》しく手渡したのは、イーグルトンの第一皇子の紋章のある手紙だったのである。

この贈り物は全て第一皇子マクシミリアンからのようだった。見舞品にしては随分と豪勢なうえ、ドレスや宝石などはかなり親しい人間に贈るものなのに、何故これらをたかが見舞品として贈ってきたのか。

ジュリアンも、眉根を寄せてロミの手元を見ているので、ロミは恐る恐る手紙を開いてジュリアンと一緒に読んでみた。

そこに書かれていたのは、愛馬のラズロを救ってくれた礼と、見舞品のこと、そして……

『貴女を第一皇子妃に迎えたいと考えている』

という信じられないような内容であった。

そもそもこのような求婚状めいたものを第一皇子が別の国の貴族に出すには、まずお互いの国のトップの許可が必要なのに、第一皇子は公式文書ではなくただの手紙に書いてよこした。一体何を考えているのか。

皇子妃の件は雑談めいた手紙などで軽々しく話すことではないのだ。

「……話を聞いてくる」

ジュリアンは席を立って恐ろしげな表情で出て行ってしまった。

その後ろ姿を茫然として見送りながら、ロミ自身も何が起こったのかさっぱりわからなくて、頭を抱えバタリとベッドに横たわる。

――なんか、疲れた……。さっきまでめちゃくちゃ元気だったのに。

今は難しいことを考えたくなくて、それに薔薇の香りがきつすぎて、贈り物と一緒に別の部屋に下げてもらった。

薔薇の香りが去ったあと、ジュリアンのくれた花束の優しい香りだけが漂う寝室で、ロミは眠り込んでしまった。

第五章　女神の恩恵と天罰

休養にあてられた一日目をなんとか過ごし、ロミは二日目に貴賓館のみ歩き回ることを許可された。

さすがに身体が鈍っているのと、頭のモヤモヤを何とかしたくて、今とてつもなく剣の素振りをしたかった。部屋でじっとしていられない性分なのもあり、その許可が下りたのはとてもありがたかったのだが、朝食を終えると、ロミは女王ハリエットに呼び出された。

なんとなく話の予想がついたので心の準備をして行った。すると女王が告げたのはやはりマクシミリアン第一皇子の件であった。

「……マクシミリアン第一皇子殿下がそなたを欲しいと言ってきましたわ」

「やはりお聞きになりましたか女王陛下。どうぞこちらを。クライズデールを無事に戻したことへの第一皇子殿下からのお礼状を頂いたので、ご覧ください」

ロミは懐から、昨日見舞品と共に貰った手紙を女王に手渡した。

「お礼状？　ロミはこれで知りましたの？」

「女王陛下はこれのことを仰っているのではないのですか？」

「いえ、違いますわ。昨日皇帝陛下がお茶会に呼んでくださったのだけれど、その時に第一皇子殿下が突然いらしたのです」

「え？」

ハリエット女王の話によると、ナサニエル帝とのお茶会に突然乱入してきたマクシミリアン第一皇子は、挨拶もそこそこにハリエット女王の前で跪《ひざまず》いた。

『ロミ・リフキンド薔薇騎士隊長を僕にください。彼女を妻に迎えたいのです』

突然そのようなことを要求してきた第一皇子に、呆気に取られたのはハリエット、そして顔面蒼白になったのは父親のナサニエル帝だった。

『マ、マクスお前！　突然ハリエット女王にそのようなことを言うとは、一体何を考えておるのだ！　先日女性問題でトラブルを起こしたばかりだというのに』

温厚なナサニエル帝がここまで怒るのは珍しいのだそうだ。それほどマクシミリアンは非常識なことをしているのである。

『……聞かなかったことにいたしますわ、第一皇子殿下』

女王はその場の混乱を抑えるために話をぶった切ったそうなのだが、第一皇子は食い下がってきた。

『そんなっ、僕は彼女を愛してしまったのです！　どうかお許しください』

『ええい、黙れマクス！　誰かこれを下がらせろ！』

『父上、僕は本気です！　僕と彼女は運命で結ばれているんです。そうでなければ、彼女が僕のためにああまで身体を張ったりはしないでしょう』

食い下がる第一皇子にナサニエル帝は怒鳴り散らしながら騎士に命令する。第一皇子は退室させられた。その後しばしの謹慎を言い渡されたそうである。

――私と第一皇子殿下が一体いつどこで何をどうして運命で結ばれたんだろう。

そういったことがあったそうなのだが、この手紙はもしかしたらハリエットに話をぶった切られたから、ロミに直接送ってきたのだろうか。

「……はあ。皇帝陛下が第一皇子殿下を皇太子にお決めにならない理由がなんとなくわかってきましたわ……」

女王が話す間、ロミは頭を抱えていた。

マクシミリアン第一皇子は公務や剣術、馬術などは巧みにこなす優秀な人物なのだが、女性関係が派手で有名なのだという。

恋愛は自由だと言っていた第一皇子のセリフが蘇る。

「とにかく、この手紙は公式文書ではありませんから、心配することはありませんよ」

「ありがとうございます。ホッとしました」

「まあそなたが殿下の求婚に応じたいのなら話は別ですが」

「な、何を仰いますか。そのようなことは考えられません！」

謙遜でも何でもなく、必死で拒否するロミを見て、女王は「冗談です」と苦笑した。

ロミは一瞬躊躇《ためら》ったが、思い切ってハリエット女王に話すことにした。

「私には、愛する人がいるんです。第一皇子殿下の求婚は受けられません」

ロミの言葉に女王は目を丸くした。ローゼンブルグで実直に生きてきて、浮いた噂のひとつもなかったロミが、化粧っ気のない頬をバラ色に染めながらそんなことを言うなんて。

「そのお相手は、私に話せる相手なの？」

「はい。この国の銀の騎士団長、ジュリアン・オーウェン伯爵です、陛下」

ロミはジュリアンとはひと月前の旅行で知り合ったと話した。一期一会だと思っていた相手と今回の式典で再会したこと、実はジュリアンがずっとロミのことを探してくれていたこと、マクシミリアン第一皇子より先に彼に求婚されたことを話した。

ハリエットに隠し事をしたくないと思ったロミは、旅行の際に起こったことやジュリアンとの関係を全て話そうとしたのだが、そこは「融通を利かせなさい」とハリエットに阻止された。潔癖な元聖職者であるハリエット女王は、男女関係の話はさすがに聞きたくなかったらしい。

「……そうでしたか。オーウェン卿と……」

「陛下。申し訳ありません。薔薇騎士隊長に任命されたばかりなのに、すぐに辞めることになるかもしれません。女王陛下をお守りする薔薇騎士なのに……」

「あら、そのようなことを気にしていたの？　薔薇騎士隊の女性は過去にはたくさん遠方に嫁いで行きましたわ。別におかしなことじゃありませんことよ」

「え？」

「そなたの母親のノエミのように国内で結婚して子育てをしている女性は実は少ないのですよ。遠方に嫁いでその第二子以降の子を養子にして繋いできた貴族も多いし、私たち歴代の女王が世襲制ではなく神殿の指名制なのもそういう理由なのです」

「そ、そうなのですか。知りませんでした」

「国力の低さを示唆することなので、あまり子に話すことはありませんけれどね。実際はそういうことなのです」

「そうでしたか……」

そうだったのかとロミは拍子抜けした。薔薇騎士は生涯女王に尽くすものと思っていたが、良い相手がいれば国外に嫁いでいくものなのだ。

まるで首にぶら下がった鎖はどこにも繋がれておらず、檻の扉は開いているのに、それに気付かずに飼われていると思い込んでいる動物のようだ。

「話が逸れましたが、そなたとオーウェン卿のこと、意思が固いなら、私から皇帝陛下と第一皇子殿下にお断りの返事をしますからね」

「ありがとうございます」

「でも、それならもうそろそろオーウェン卿ともしばしのお別れなのね。せっかく仲良くなったのに、寂しくなりますわね、ロミ」

「え？　……あっ」

そう。気が付けば女王の滞在期間はそろそろ二週間。もうすぐ帰国しなければならないのだ。

それを考えるとロミは寂しくなってしまい、女王の居室を辞したあと、落ち込んでしまった。

あれだけ濃厚な数日間を過ごし、死の恐怖がきっかけとなって彼に愛していると告げて、とても心が満たされた。

それがあと少しで帰国となると、彼にまた会えるのはいつになるだろう。

——知らなかった。私は寂しいのか。

恋愛感情というものが、ただ楽しくて嬉しい、愛おしいだけのものではなく、こうした寂しい気持ちを伴うこともあるなんて全く知らなかった。

考えてみれば今生の別れというわけではない。一期一会の旅人ではなく、ちゃんと身元の分かる関係なのだから、手紙を送り合い、会いに来たりすればいいのだ。

でも側にいるわけではなく、顔を見ることがしばらく叶わなくなることが物凄く寂しい。寂しいことがこんなに辛いなんて思わなかった。

——こんな気持ちで私は元の薔薇騎士隊長に戻れるんだろうか。守られることを知ってしまった私が、剣や鞭を振り、女王や民を守ることができるのだろうか。

いつまでも待つと言ってくれたジュリアン。できることなら今すぐその顔を見たくなっててしまった。

でも彼は今勤務中だろうし、ロミは明日までこの貴賓館を出られない。あの森に無装備で入ったことが悔やまれてならない。仕方のないことだったけれども。

そういえば、あれから彼と男女のことをしていない。できない状況に置かれているため仕方がないのだが、恥ずかしい話、あの温もりを思い出して身体が疼《うず》くときがある。

今すぐ彼のあの逞しい身体に抱かれたら、この疼《うず》きは治まるだろうか。そして寂しさも解消できるだろうか。いや、前者はともかく後者はきっと逆効果だろう。

少し距離を置いて、これからまた訪れるしばしの別れに、心の準備をしておいたほうがいいかもしれない。

――でも次はいつ会えるだろうか。帰国する前にもう一度会って彼を抱きしめたい。

その夜はジュリアンに焦がれながら悶々と過ごしていたせいで深夜まで眠ることができなかった。と、窓に何かがこつんと当たったような気がして、ロミはガバッと起き上がった。もしかして、という期待を込めて窓を開けて、警戒しつつも寝間着の上にカーディガンを羽織ってベランダに出ると、生ぬるい夜風が吹いてくるだけで、ベランダには誰もいなかった。

風で小石か何かが当たっただけかと一瞬落胆したが、ふと「ロミ」という呼びかけが聞こえ、ベランダの下を見る。

ベランダの手摺《てすり》から身を乗り出して人影が見えたとき、ロミは誰かに背後を取られた気配と怖気を感じた。

「何者っ……！」

振り向きざまに回し蹴りを放とうとした瞬間に、身体を拘束されて口に布を押し当てられた。薬剤の匂いのするその布を、嗅いではいけないと思ったが遅かった。やむなく吸い込んでしまい、すぐに意識が朦朧《もうろう》としてくる。倒れる瞬間に見えたのは、黒装束を着た男性とベランダの下にいた誰か……ゆるやかな長い黒髪の、マクシミリアン第一皇子の姿だった。

「でん、か……なぜ……」

「ごめんね、ロミ隊長」

こちらを見上げる第一皇子の寂しげな笑顔が、ロミが意識を失う前の最後の映像だった。

ロミの様子を見にきた侍女が、彼女の不審な不在に気付いたのは、ベッドが完全に冷めてしまったほどに、後になってからだった。


その夜、記念式典の祝祭期間中に溜まった執務を片付けるために深夜まで仕事をしていたナサニエル帝のもとに、とんでもない情報が飛び込んできた。

皇子宮に謹慎中だった第一皇子マクシミリアンの失踪。

そして、貴賓館で療養中だった女王の近衛、薔薇騎士隊長ロミ・リフキンドの不審な失踪。

第一皇子は忽然と消えた様子だが、ロミは療養中のベッドが寝ていたことを表す乱れ方をしており、ベランダのある窓が開け放たれていたのを、様子を見に来た侍女が発見した。

そこが二階だったことから何者かがベランダから連れ出した可能性があるとのことだった。このことから、ロミの失踪に第一皇子が関係しているとみなされ、皇帝は警備の緩さを騎士に怒鳴るよりも先に頭を抱えてしまった。

皇子宮にあったマクシミリアン専用の豪華な馬車が一台消えていることから、かなり衝動的で杜撰《ずさん》な計画のもとに実行されたようだった。人目を忍ぶつもりが全くないようだ。

その話を横で聞いていた銀の騎士団長ジュリアン・オーウェンは、ナサニエル帝に頭を下げる。

「皇帝陛下。どうか私に二人の捜索をご命令ください」

実はジュリアンもまた、第一皇子のロミへの求婚話を聞いてから、ロミとはひと月前からの知り合いで、今交際中だとナサニエル帝にかいつまんで話していた。

証拠として、魔道具にかければこれが元はロミの物であることが判明するからと片耳につけていたピアスを提出し、ピアスを片方贈るほどの間柄だということを示していた。

そのことを聞いたうえで、ナサニエル帝は息子マクシミリアン第一皇子に言ったのだ。

『リフキンド卿のことは諦めろ。彼女はもうひと月も前からオーウェン卿のものなのだ』

それを聞いた第一皇子はナサニエル帝が目を背けたくなるほどの絶望した表情を見せ、そのままふらふらと踵《きびす》を返した。分かってくれたと思っていたのだ。その時は。しかし、息子は振り返り、無表情に涙を流しながらつぶやいていた。

『父上は、どこまで行ってもオーウェン卿の味方なのですね』

そんなことはない、と言えたら良かったのに、ナサニエル帝は自覚があり過ぎて何も言えなくなってしまった。

「オーウェン。……わかった、君も辛いだろうからな。マクスのことはどうしようもないが、彼女のことはどうか救ってやってほしい」

「……ありがとうございます」

「行きなさい」

「はっ。失礼いたします」

皇帝の執務室を出たジュリアンは、平謝りする皇子宮と貴賓館の騎士たちに詳しく情報を聞き出し、焦る気持ちを押さえながら、第一皇子の足取りを追うことにした。

＊＊＊

目覚めた時、どこかわからない場所でベッドに横になっていた。よく見たら部屋ではなくカーテンの閉め切られた閉鎖空間、ガタガタと音がするのは、もしかして馬車の中ということなのだろうか？

向かい合わせの席を動かせばベッドに変形するような豪奢な馬車の中、微睡《まどろ》みからゆっくり覚めていくと、誰かに頭を撫でられているのに気付いた。

一体誰かと思い、もしかしてと思った名を思わず口に出した。

「……ジュリアン？」

ロミの言葉に、頭を撫でていた手がぴたりと止まり、すぐに引っ込められた。

「貴女の口からその名を聞きたくはなかったなあ」

のんびりとした、それでいて寂しそうな声に、ロミはハッとした。この人はジュリアンではないと思った瞬間一気に目が覚めて、目の前の人物の姿が鮮明に頭に入ってきた。

緩やかな長い黒髪に、涼し気な水色の瞳を持ち、整った容姿を持った見覚えのある人物……マクシミリアン第一皇子その人だった。

起き上がろうと手をベッドについた際に、手首に重みを感じてよく見ると、革製の手枷が付いていて、そこから鎖が伸びてベッドにつながっていた。

よく見たら足も拘束されている。それを見た皇子は苦笑しながら「ごめんね」と謝ってきた。

「女性でも騎士だからさ。簡単に逃げられないようにさせてもらったんだ」

「……マクシミリアン皇子殿下、な、なぜこんなことを」

「何故って、欲しくなったからさ。貴女を好きになってしまったんだ」

「……はい？」

——ごめん、ちょっと何言ってるのかわからない。

起き上がることもできないまま、驚愕した表情で第一皇子を見ると、彼は苦笑しながら椅子席に背を預けて足を組んだ。

「最初はさ、祝賀会で見た君とジュリアン・オーウェン卿が知り合いみたいだったから、彼への嫌がらせとして貴女に近づいたんだ。隠しているようでも彼が貴女のことを随分熱っぽく見てるもんだから、ああこれは本気なんだなと思ってさ」

——熱っぽく見てた？　誰が？　ジュリアンが？

祝賀会の時といえば、ひと月前のことだ。あれば睨んでいたのであって、熱っぽく見ていたのではない。

「そんなオーウェン卿から貴女のこと奪ってやったらどんなに悔しがるだろうと思った。貴女をダンスに誘ったらあいつ、こっちを殺しそうな目で見てたじゃない。まあウケたよね」

「あの、私が断ったので無理にお誘いにならぬよう注意しただけでは……」

「はは。貴女に気付かれてもいなかったなんて可哀想な奴」

「で、殿下……」

ジュリアンに対する恨みや嫌悪を感じる。

そういえば女王ハリエットが言っていた。

『でも第一皇子殿下は気に入らないらしいわ。父親が自分と同年代の青年を息子同様に寵愛するなんて気を悪くしないわけがない。それは私も再三、皇帝陛下に申し上げているのだけれど、やはり人間、優秀なほうに目がいくものね』

生まれながらに尊い血筋で、幼い頃からの英才教育で文武両道、宝石の皇子と称されて、人柄も良く女性にも慕われてきたマクシミリアン第一皇子。

戦争や魔物討伐で功績を上げて自由民から今の地位に上り詰めた、美貌の騎士ジュリアン。

天才と努力の人。比べると人々の目はどうしても努力の人に自分を重ねる。自分たちも努力すれば地位をつかめるという良い手本として、支持を集めるのだ。

それが二十三歳のマクシミリアンと二十五歳のジュリアンという同年代であれば、なおのこと劣等感に苛《さいな》まれるだろう。

だから、マクシミリアン皇子はジュリアンのことを嫌ったのだろう。そうして嫌がらせのつもりでロミに近づいた。

「でもさ、あの男の想い人らしい貴女に粉かけてこっぴどく捨ててやるつもりだったのに、貴女ときたらラズロのことであんな一生懸命なんだもの。暴れたラズロを宥《なだ》めるためにあんなことになって……僕のためにそこまでしてくれるなんて、なんか可愛くなっちゃってさ。気がついたら好きになってた。きっと真実の愛だよ」

「……」

何と言っていいやらわからないロミは、口をただぱくぱくと金魚みたいに動かすことしかできなかった。

「けど、女王陛下にも断られて父にも貴女はもうオーウェンのものだって言われた瞬間、ああそうなのか、だったらいいやって思って今に至るわけ」

――端折られ過ぎて分からない。ショックだったのは分かるけど、私を眠らせてまで連れ出す意図は？

「ねえロミ」

――ロミって呼ぶな。何なんだ、この皇子様は。一体何を言っているの？

「僕はこれまで自由に恋愛をしてきたけど、これが真実の愛なんだろうなって思ったんだ。僕はもう清くはないかもしれないけど、でも心は今完全に貴女の物なんだ」

――いや知らないし！　いらないし！

「さっきベランダに出てきてくれたのは、僕を待っていてくれたからだと思った。だからこのまま逃げよう。真実の愛に殉じた逃避行だ。僕たち二人ならきっとうまくいくよ」

――そこに私の意思は？

第一皇子の言葉が全く理解できない。こんなことを笑顔で話す彼に底冷えするような恐怖を感じる。

明らかに心に病を抱えた人を見たのはこれが初めてだった。

第一皇子は宝石を散りばめた小箱から小瓶を取り出して蓋を取る。

「ロミ、今日は記念すべき日だ。これでひとつになろう」

てきた。

「な、何をなさるんですか、おやめください殿下！」

皇子はその小瓶を一息に呷《あお》ると、ロミのあごに手をかけ顔を背けようとする彼女に強引に口づけてきた。

「ん、んぐっ……！」

甘ったるいシロップのような液体が流れてきた。嚥下《えんげ》するまで離さないとでもいうように唇を離さない皇子に屈し、飲み込んではいけないと分かっていながらロミは飲み込むしかなかった。

彼女の喉がごくりと音を立てたのを確認して、ようやく皇子は離れる。口元を拭いながらクラヴァットを解《ほど》いていくその姿をロミは茫然と見ていた。

次第に外に聞こえるのではと思うほど心臓の鼓動が大きくなっていき、同時に身体が蒸し風呂に入ったみたいに熱くなってきた。

身体の変化に戸惑いながら、だんだんと呼吸が浅くなって息を荒らげるようになったロミを見て、皇子もまた赤い顔をして笑顔になる。

「はは、さすが薬師特製の媚薬だね。舐めただけの僕ですら興奮してきたのに、飲み込んだ貴女はもう欲しくて欲しくてたまらないんじゃない？　はは、大丈夫、すぐに天国に連れて行ってあげるから……！」

シャツをはだけた状態になってロミの寝ているベッドに上がり、覆いかぶさってくる皇子。ロミの身体は熱いくせに嫌悪感で怖気が走っていた。

「や、やめてください！　嫌、触らないで……！」

寝間着の上から胸を揉み、顔を背けるロミの首筋に舌を這わせてくる。頭では嫌悪感でいっぱいなのに身体がびくびくと反応してしまう。

それを気取られてしまい、皇子の暴挙はますますひどくなった。

「あははっ！　やめてっていいながらこんなに感じてるじゃないか。苦しいだろ？　素直に身を任せれば、苦しくなくなるよ」

「くっ……！」

それでも拘束をなんとか破りたくて手枷のついた手をガンガン動かして壊そうとする。

「ほらほら、良くなめされた革製だよ。無駄なことしない。貴女の手が傷つくだけだろ？」

そう言ってものすごい力でロミの手を押さえつけ、背ける顔を自分に向かせて強引に口づけをしようと迫ってきた。

「……っ、嫌！　誰が貴方なんかに……！」

その言葉で表情を失くした皇子はロミの腰に跨《また》がって体重をかけた。彼女を足で動けなくすると「貴方『なんか』だって？」と冷たく言い放ち、胸ぐらを掴んでロミの頬を思いきり平手打ちした。

「ううっ……！」

突然の衝撃に頭がくらくらとした。軽く脳震盪《のうしんとう》を起こしたらしい。抵抗をやめたロミを見下ろして、マクシミリアンは狂気的な笑みを浮かべて罵る。

「状況が本当に分かってないんだなロミ……！　お前はもうどこにも逃げられないんだ！　優しくしてやろうとしたが、やめだ。痛がろうが悲鳴を上げようが絶対にやめてやらない。ドロドロに犯し尽くしてボロ雑巾のようにしてやる……！」

マクシミリアンの狂気にロミは心の底から恐怖した。本当に怖いのは魔物ではなく、人間の狂気だ。

――この男は一体誰だ？　あのクライズデールのラズロを愛しげに紹介してくれたマクシミリアン第一皇子は一体どこへ行ったんだろう？

皇子がロミの胸倉をつかんだ手にもう片方の手をかけ、左右に引き裂いたと同時に、ロミは腹の底からの悲鳴を上げた。

「いっ、いやあああああああああああああっ！」

馬車全体がビリビリと震えるような金切声に、皇子も一瞬怯んだらしくビクッととして静止した。

次の瞬間、ドシンという音と衝撃で馬車が揺れた。外で馬の嘶《いなな》きと怒号と悲鳴が聞こえ、ついに馬車のドアの取っ手が壊されて力任せに開かれた。

解放されたドアの向こうに居たのは――

金色の髪に晴れた夜空のような瑠璃色の瞳をした、美貌の戦神。

肩で息をしながらこちらを睨みつけ、ロミと皇子の姿を見た戦神は、物凄い勢いで手を伸ばしてきたかと思うと、皇子のはだけたシャツの胸倉をつかみ、引き寄せてから思いきり右腕を横に振り上げた。

馬車とはいえ皇族用の広い物なので腕が壁などにぶつかることなく、横からの拳《こぶし》が皇子の頬にめり込んだ。

「ガァッ！」

ガチョウの鳴き声のような悲鳴を上げながら、馬車のドアから吹っ飛んでいく皇子がまるで過ぎ行く景色のように見えた。

ロミは先ほどまで恐怖でいっぱいだった胸の中が安堵でふわりと温かくなる。こちらを振り返ったその顔は、ロミが会いたくてたまらなかった戦神そのものだった。

「ジュリアン……」

「ロミ！」

ロミのひどい姿を見て顔面蒼白になったジュリアンは慌てて駆け寄り拘束を解《ほど》いてくれた。

胸元を破られて肌も露《あら》わな寝間着姿、涙に濡れながらも荒い息を吐いているロミの無残な姿を見てすぐに、ジュリアンは彼女を抱きしめた。

「ごめん、ごめんな、ロミ。もっと早く来れたら……！」

「じゅ、ジュリアン、だ、大丈夫、服、破られただけだから……」

「本当か？　他に何もされてないか？」

「キスされたり、身体を少し触られたりしたけれど、その、最後まではされてないよ……」

「くそっ……それだけでもムカつく……！」

「あっ、ああっ……！」

「……？」

腹が立って力いっぱいロミを抱きしめたジュリアンだったが、その途端にロミが悩ましげな声を上げたのですぐに腕を解《ほど》く。でも今度はロミがしがみついてきて、顔を真っ赤にしながら荒い息を吐いていた。

「大丈夫か、ロミ？」

ロミはジュリアンにしがみ付きながら太ももを擦《こす》りつけるようにしている。恐怖でそうしているのかもしれないが、何だか身体も熱かった。

「ロミ？」

「そう、だ、ごめん、何か薬を盛られたんだ。そのせいで、身体がおかしくてっ……」

「何だって……？　ああ、くそっ！」

一旦ロミから離れ、ジュリアンは騎士服のマントでロミをぐるぐる巻きにしたあと、姫抱きに抱えた。ロミは抵抗する元気もなくジュリアンに抱かれる。

そのあとのことは、意識はあるものの無音のパントマイムでも眺めているような感覚だった。

銀の騎士団に拘束された、顔を腫らしたマクシミリアン第一皇子がジュリアンにわめき散らすのが見えたが、今のロミにはどうでもよかった。

ジュリアンに指示を仰ぐ銀の騎士団員。彼らに手伝ってもらってジュリアンとともに彼の馬に乗ってその場を離れるのも、視界の片隅で見るだけ。

身体は熱く疼《うず》いてたまらないくせに、ジュリアンの暖かな胸に安堵感を覚えながら身を委ねることしかできなかった。

ジュリアンに連れて来られたのは以前来たことのある彼の所有するオーウェン伯爵邸だった。宮殿にある貴賓館にはここに来る前に部下に連絡させたという。

主人が、マントにくるまれた頬の平手打ちの跡も生々しいロミを連れて来たことで、使用人たちは命じられる前にお抱えの医者に連絡しに行った。

ロミはメイドたちに預けられると、急いで身体を清拭され、真新しい寝間着に着替えさせられて、水もたくさん飲まされた。そのあと早々に豪奢なベッドに寝かせられた。

しばらくして身体がまた辛くなってきた頃に、初老の女医がやってきて、ジュリアンに説明を聞きながらロミを診察してくれた。

「リフキンド侯爵は、お顔の腫れ具合は大したことはありませんが、強い媚薬のせいで、いわゆる発情状態が収まらなくなっているようです。薬の成分が分からない以上、解毒剤は作れませんし、とにかく水分を摂って汗をかいて、身体から毒素を抜く以外ありません。でもあまりにもひどい状態なので毒が抜けきるまでに時間がかかったら発狂してしまう危険があります」

「どうすればいいんだ？」

「……下世話な話ですが、薬の効果が切れるまで、その、お身体をお慰めするのが一番かと……汗もかくでしょうしね」

女医とジュリアンが話しているのが聞こえる。

なまじ意識があるせいで、そんな生々しい会話が聞こえてくる。

だがロミは恥ずかしいと思うよりも身体の疼《うず》きをなんとかしたくて、歯を食いしばって耐えていた。

気が付くと心配そうな顔をしたメイドたちが、甲斐甲斐しくロミの顔を拭いて、平手打ちされて腫れた頬を冷やしてくれていた。よく見たら、先日の自殺未遂騒動でロミが助けたあの見習いメイドもいて、彼女はロミの痛々しい姿に涙を拭いながら働いてくれている。

その向こうで診察をしてくれた女医とジュリアン、老執事が三人で話しているのが見える。

「どんなに強い薬でも効果が永遠に続くわけではありません。身体の防衛機能が働きますので時間はかかっても必ず効果は切れます。その時までの辛抱です」

「何時間程度かかる？」

「おそらく、長くても明日の朝には切れている頃かと」

「……わかった。皆部屋の外へ出てくれ。あとは俺がなんとかする」

「わかりました。伯爵様」

そんな会話のあと、メイドたちが心配そうにロミの側から離れ、女医と他の使用人に続いて部屋を出た。

部屋に残ったのはジュリアンとベッドに横たわるロミだけだ。

ジュリアンはベッドに腰かけて、ロミの汗まみれの頬を拭いてやった。

「ロミ」

「……ジュリアン？」

「その……今の、聞いてたか？」

「んん……？　何だっけ、聞こえてたけどそれどころじゃなくて……」

「そうだろうな……。その、お前の飲まされた媚薬は薬師の特別製らしくて、適切な解毒剤がないそうなんだ」

「ええ～……困るなあ。はは……」

力なく笑うロミはまだ少し頬を腫らして何だか痛々しい。見ていると可哀想でならないのだが、ジュリアンはロミの苦しさを少しでも和らげるためのことをしなければならなかった。

「明日の朝には毒素は抜けるらしい。でもそれまでそのまま耐えろとは言わない。そこでだ。俺で疼《うず》きを解消させないか？」

「解消って……そ、それって……あの……するってこと？」

「そうだ」

優しげでありながら妖艶に見えるのは、彼の美貌のせいだろうか。ロミの頭をはさむようにベッドに腕をついて覆いかぶさって来るジュリアンを見て、さっきと同じような状況なのにロミは気付いた。だが……

──不思議。ジュリアンだったら、のしかかられても全然怖くない。むしろ嬉しくて泣きそうになるのはどうしてなんだろう？

鼻先を擦《こす》り合わせて猫みたいだと苦笑しながら、ロミは彼の頬に手を添える。

「……いいの？」

「いいも何も。賭けはまだ続いてるだろ？」

「……あは、そっか。そうだったね」

くすりと笑いかけるとそのまま近づいてきたジュリアンに唇を塞がれた。触れるようなキスを何度も繰り返し、そのうち深いキスになると、ロミは息を荒らげながらジュリアンの首の後ろに腕を回した。

ジュリアンはロミの口内を犯しながら、彼女の寝間着をどんどん脱がしていった。

──先ほど破られた寝間着を着替えさせたのに、またすぐ脱がせてしまうなんて、男が女にドレスを贈る理由が「自分の着せたドレスを脱がすため」なのと似ているな。

そんなことを考えてジュリアンは苦笑する。

下着も脱がせると、そこからつつ、と粘性の透明な液体が糸を引き、彼女のそこは既に濡れそぼっていた。

「ああ、くそっ」

そんなロミを見て一気に身体に熱が灯ったジュリアンは、ロミから身体を離し、彼女に跨《また》がりながら服を脱ぎ去った。やがてお互いに一糸纏《まと》わぬ姿になると両腕を伸ばすロミに応えるようにジュリアンはロミを抱きしめてきた。

お互いを掻き抱きながら、酩酊したように唇を重ねる。

「ん、はあ、あふ……じゅり、あん、しゅき、あん、あ、ああ……」

「はあ、ロミ、気持ちいいな……」

「あむ、ふぁ、うん、きもちい……あ、ぅ、あぁっ……！」

唾液が顎の方に垂れ流れても全く気にならない。それほどロミは、ジュリアンの愛撫に溺れた。

媚薬の効果なのか、その深いキスだけでロミは何度も気をやってしまって、そのたびにジュリアンに笑われてしまう。

「早っ。おーいロミぃ？」

「あん、だってぇ……」

――自分でも訳が分からない。あの背筋をゾクゾクさせるやつが来るのは本当に突然なんだもの。

「ほら、もっと欲しいだろ？」

「うん、おねがい、もっと……」

「わかった。体中にキスしような」

「か、体中に？　……あっ、あぁあ……」

ジュリアンは快感に仰け反るロミの首筋から鎖骨、胸の谷間などに唇と舌を這わせて、時折チュッと吸いついては薔薇色の花びらを散らしていく。

そのたびにロミはびくりと震えて熱い息を吐き出して悩ましく身体をくねらせるので、ジュリアンはどんどん熱が溜まっていくのを感じていた。

そういえば、きちんと心を伝えてからこうして交わるのは初めてだった。

望んで男女のことをしている最中は、自分の身体を愛と快楽の神ないし精霊が操っているのかもしれない。

与えられる快楽を愛情として受け取り、普段よりも敏感に脳に伝えてきて、ただ愛おし気に掻き抱き、喘ぎながら溺れるしかない。

ジュリアンはロミの乳房を両手で包み、ふにふにと愛おしげに揉みながら先端を口で愛撫していた。

「あっ、あぁっ……」

「んん……気持ちいい？」

「う、そこで喋るとか……だめ、だよ……っ、恥ずかし……」

ロミは全身性感帯となった身体をジュリアンの唇と舌、それに指先、掌で愛撫され続けた。

お互いの汗の匂いすらフェロモンのようで、媚薬のせいもあってロミは酩酊する気分だった。しかし理性は少し残っていて、羞恥心のようなものはまだあるので、ジュリアンの愛撫に、ロミは顔を真っ赤にして目を背ける。

ジュリアンのねっとりした愛撫に、ロミは腿《もも》の間からさらに溢れるほどの蜜を流して、身体は熱く火照っていた。

「あっ……ジュリアン、だめ、あ、やあっ」

腿《もも》を開かれて愛液のるつぼと化した膣孔に舌を這わせる行為は、ロミが今まで感じたことのない感覚を伝えた。

――猫が股を舐めているのは見たことがあるけれど、人間が、しかも相手のそんな場所を舐めるなんて信じられない。

ロミは思わず手で口元を覆ったが、すぐにやってきたとんでもない感覚に声を抑えられずに仰け反った。

「あ、んああ、し、舌、がぁ……っ」

ジュリアンは愛液を啜《すす》るように口づけたかと思うと、そのまま包皮を剥いて顔を出した芽を、舌先を尖らせてぐりぐりと刺激する。その後その花芽に口を付けてジュジュッと吸い付いた。

ロミは突然の強い刺激に混乱し、股の間にあるジュリアンの金髪に両手をおいて髪をかき回す。

「あ、はぁっ……！　ジュリアン、私、また気がイキそう……！」

「んちゅ、はあ、いいよ。イけ、何度でも……！」

「あ、イく、あ、あああっ……！」

ロミは背を駆け上がる震えるような感覚に悲鳴じみた嬌声を上げて再び仰け反った。その瞬間、ロミはぷしゅりと潮を噴いた。ジュリアンは一瞬驚いた顔をしたものの、すぐに悩ましい笑顔になり、今度は膣部分に口を付けた。

ゴクリという嚥下《えんげ》の音が聞こえ、ロミはカアッと顔面に熱が籠る。そして両手で顔を覆った。

——舐めるだけでも恥ずかしいのに、飲み込むなんて……！

この行為はこんなこともするのかと、ロミは毎回混乱しっぱなしだった。

それだけでは飽き足らず、ジュリアンは膣孔に舌を入れて内壁をぐりぐりと刺激しながら、充血した花芽をきゅっと摘まんだ。

「やああっ、舌が、中に、あぁ、だめ、一緒は、だめぇっ……」

「何がだめ？　……はあ、中、すげえエロい味がする」

「や、ひあ、おねが、やめ、あ、あああっ」

熱くぬらぬらと湿った舌が膣の中を這う感触と、充血して勃起し非常に敏感になった花芽を刺激される。内側とその部分を同時に責められて、ロミは再び仰け反りながら喘ぎ、混乱して彼の金髪を押さえてかき回した。

「やあっ、それ、ダメ、また、……ああんっ！」

背筋を駆け上るぞくぞくとした感覚をもう何度味わったのだろう。

ぶるぶると震えて間欠泉みたいにぷしゅりぷしゅりと潮を噴き、その都度それをわざと音を立てて啜《すす》るジュリアンの行為。

恥ずかしいのと気持ちいいのとで何も考えられなくなり、ロミはもう自分自身が液体になったみたいにとろとろに蕩けてしまっていた。

「ロミ、俺も、そろそろ限界……いい？」

蕩けた頭でも彼が何を言いたいのかをぼんやり理解して、ロミは真っ赤な顔をしてこくりと頷いた。

ジュリアンは息を荒らげて放心するロミの足を開いて、彼女の痴態に散々じらされて痛いくらい勃起した雄茎の先端をロミの蜜が迸《ほとばし》る膣孔に押し当てる。先走り液と愛液をこね回すみたいにするすると擦《こす》りつけたあと、そのぬるつきに先導されるように灼熱の肉塊を中に侵入させてきた。異様なまでの愛液の滑りの良さに、何の抵抗もなくするりと入ってくる。

――なんて熱さなの……！

毎回思うが本当に内側が火傷してしまいそうだ。

内側を擦《こす》りながら侵入する感触に悩ましく息を吐き、とん、と最奥に到達したときの刺激でびくりと身体が歓喜に震える。

蕩けた顔で見上げれば、テーブルランプの灯りで古酒のような色に染まった彼の瑠璃色の瞳と視線が絡み合う。少し眉根を寄せたジュリアンの美貌が近づいてきて、それに合わせてふわりと半開きになったロミの唇がそれを迎え入れた。愛おしい見事な金髪を両手でさわさわと撫でつける。

無言でお互いの舌を貪《むさぼ》りながら、ゆるゆると腰を動かすジュリアンに合わせて、お互いにぶつかるようにロミも積極的に腰を動かす。

――ああ、こうすると、より奥まで入って気持ちいい……

夢中になってキスをしながら腰を動かしていると、だんだんとジュリアンのスピードと打ち付ける強さが増してきて、ロミはタイミングが合わなくても奥まで突かれてどんどん快感を拾っていった。

――ああ来る。やっと、あのゾクゾクが、頭が真っ白になるあの感じが。

打ち合う快感と、部屋中に響くくらい濡れそぼった水音、ばちゅんばちゅんと弾けるような打擲音に脳まで犯される。

ついにちゅぱっと唾液まみれの口を離し、ロミが仰け反るようにして快感に喘ぐと共に、ジュリアンも天井を仰ぎながら力いっぱい腰を打ち付けてきた。

「ああっ！　あんっ！　や、ああ、いい、きもち、い、いいのぉっ……！」

「ロミ、あ、糞っ、イく、出る、ああ、ロミ、ロミッ！」

背中を駆け上がるあのたまらない快感が膣内を締め付ける。ジュリアンはしばらく耐えてからついにロミの締め付ける力に屈して、それでも最後に力いっぱいねじ込むように突き入れたあと、煮えたぎる白濁をロミの中に吐き出した。

ほんの数秒弛緩《しかん》していたロミだが、再び襲ってくる身体の疼《うず》きに無意識に腰を動かしていた。動かすたびに生温い二人の混合液が結合部からピチャピチャ溢れる音が聞こえてきて、顔が熱くなってくる。はしたなくも何をやっているんだろうと思いながらも、先ほどの快感がまた欲しくて、腰が勝手に動いてしまうのだ。

そうしているうちに、中にいるジュリアンのモノが再び固さを取り戻してきた。そうなったらもうさらにロミは腰の動きを止められなくなってしまった。

「あ、あ、どうしよう……とまら、な……！」

「ん、抜かずの二発目？　任せろ、何度でも付き合うから」

「ああ、ジュリアン、ジュリアンッ！　これ、欲しいの、欲しいっ……！」

「あー、もう。何でそんなに可愛いんだ、お前はっ……！」

「ああんっ！」

完全復活した雄でギリギリまで抜かれたのちに思いきり奥まで突き入れられる。そのたびに仰け反って喘ぐロミは淫らすぎてジュリアンは動きをどんどん速く力強くしていった。

それだけ濡れていたら大丈夫だから自分で挿《い》れてみろと言われて、ロミは言われるがままにジュリアンの腰に跨《また》がり、ジュリアンのモノを膣口に押し付けた。

そのままぐぐっと腰を落とすだけと言われたのだが、先端が少し沈んだ程度でなかなか入っていかない。

早くこれが欲しすぎて身体が熱い。犬みたいに口を開けて、はあはあと息を荒らげて頑張っているのに、なかなかうまくいかなかった。

――ジュリアンはあんなにすんなり入れてくれたのに。この体勢だと難しいのかな？

先端部分が入ってしまえばあとは楽だからと言われても、それが難しくてもたもたしてしまう。

そのうち痺れを切らしたジュリアンがいきなりロミの尻を両手で鷲掴《わしづか》み、上からぐっと押さえつけると同時に、腰を下から突き出してきた。

「ああっ、んぁあああっ！」

「ん、ほら、入ったぞ」

上下からの衝撃で敏感な奥に当たって、ロミの目の前に星が散った。

――気持ちいい……。入れただけで、どうしてこんなに気持ちいいの？　でも、まだ足りない。もっと欲しくてたまらない。

「ほら、ロミ。お前が気持ちいいように好きに動いていい。俺も下から突くから」

ジュリアンがそう言いながらゆるゆると腰を動かし始めた。

――ああ、だめ。自分でも動かないと、モヤモヤが、物足りないのが辛い……

玉突きの要領で腰が跳ねるので、ロミは疼《うず》きを逃がすために足を踏ん張って手をジュリアンの腹に置き、積極的に腰を動かす。

もう今晩だけで何度目の絶頂か忘れてしまった。それだけしておきながら、未だに体力も性欲も衰えないのは二人とも身体を鍛えた騎士だからだろう。

——自分でも呆れる。私ときたらひと月前までこんなことしたことがなかったのに、今ではこんなに貪《むさぼ》ってる。恥ずかしくて死にそうだ。

ロミは媚薬のせいだが、ジュリアンは二晩分我慢して溜まった精液を全てロミに注ぎこむまでは終われないくらいに発情していたせいでもある。

結合部分は二人の混合液まみれだし、シーツだってもうぐちゃぐちゃのどろどろだ。

それでもまだ収まらぬ衝動に駆られるままに、二人は腰を打ち付け合った。

「あ、あ、あああぁっ……！」

「ん？　ああ、またイッたのか？　ほらもっと欲しいんだろ？　頑張って腰動かしな、ロミ？」

「あう……ちょ、まって」

——もう、足が、ガクガク……。でもまだ疼《うず》いていて、苦しいのが止まらない。

今ロミを救えるのはジュリアンだけなのだ。だから彼の言う通りに動かなければと思うのに、強い快楽に溺れて足が震えてうまく動けない。もどかしくて死にそうだ。

「しょうがないな、……ほらっ頑張れ」

「あっ、あ、あ、や、まって、まってえっ！」

ジュリアンの突き上げにロミはひっきりなしに喘ぎながら跳ねるしかない。

慌ててジュリアンに覆いかぶさると、ジュリアンは笑いながら上半身を起こしてロミを抱きしめてくれた。

「これならいい?」

「う、うん……」

「俺にしっかり抱きついて、そのまま腰動かしな」

言われた通りにジュリアンの首に腕を回してしっかり抱きつくと、ロミはゆっくりと腰を上下に動かし始める。ジュリアンがそれに合わせて尻を鷲掴《わしづか》みして上から押さえつけるため、内壁を擦《こす》る亀頭の動きに翻弄《ほんろう》されて、彼の肩に顔を埋めて悲鳴じみた喘ぎを漏らしていた。

そのうち何も考えられなくなって機械的に腰を動かすと、どんどんスピードが上がり、ジュリアンも積極的に腰を振り始めた。

「あ、またイく、イく、イッちゃう」

「ん、俺も、ああ、俺もイく、出る……っ」

ロミの膣が収縮し始めてジュリアンを締め付けて、最高潮に上りつめたときにジュリアンも同時に射精した。

どくどくと注がれる精液の熱さを感じてくたりとジュリアンの肩にもたれていると、ジュリアンはロミの腰をグッと掴んでそのままロミを押し倒した。

「え、まだ、イッ……！」

「ああ、だからさっきより物凄く感じるはずだ。良かったな？」

「ちょっと、まって、休ませて……！」

「ダメだ」

「や、あああああっ！」

入ったままのジュリアンのモノがまだ萎えていないことに気付いたがもう遅かった。

足を肩に抱えられて身体を二つに折り畳まれるような体位になり、しゃがみ込んだジュリアンに上から銛《もり》で突かれるように責められた。

ロミは絶頂を迎えたばかりの身体に過ぎた快楽を与えられて、目から涙をボロボロと零しながら泣き叫んでジュリアンにしがみ付いた。

——苦しいし疲れるのに、彼に抱かれるのが嬉しくてたまらない。嬉しいと泣けてくるのはどうしてなんだろう？

「ジュリアン、ジュリアン！　すき、すきいっ……！」

「はは、ロミ、完全にイキ狂ってんなあ！　ほら、もっと感じろ。もっとだ、もっと！」

「だめえ、イく、イく、からあっ！　イく、イぐぅっ……！」

「……ああ、はは、こら、そんなに締めるな……！　ああくそっ！　なんてじゃじゃ馬だよ、お前、はっ……！」

ぎゅうぎゅうと締め付けるロミに劣情を爆発させたジュリアンは、ロミの奥を抉《えぐ》るように突き入れて思いきり白濁をぶちまけると、彼女を完全に支配した感覚に酔う。

「はっ、はっ、ああ……最高だお前は……！」

そんなジュリアンの呟きが耳から耳へと抜けていく。

東の空が白み始めたころにようやく身体の疼《うず》きが収まって来たロミは、舌を出して喘ぐような荒い息遣いをして身体をベッドに投げ出した。

それまで快楽に溺れて、勝手に動く腰を止められずにいた。それなのに、疼《うず》きが完全になくなると疲れがドッと押し寄せたのである。

「じゅり、あん、すき、ずっと、あいして、る……」

「ロミ……大丈夫か？　おい、ロミ！」

寝言みたいな愛の告白をしてきたかと思うとがくりと頭を重力に任せてしまったロミに、ジュリアンは真っ青になって彼女の心臓に耳を当てた。

興奮の余韻で速いものの、とくとく脈打つ心臓の音に安堵し、頭上からすやすやと寝息が聞こえてきて、ジュリアンもまた疲れた身体をロミの隣に横たえるのだった。


ロミが目覚めたのはその日の昼頃だった。いつの間にか脱いだはずの寝間着に着替えていて、身体もドロドロではなくてしっかり清拭されているようだった。

第一皇子に飲まされた媚薬の効果は切れているみたいで、頭は物凄くスッキリしている。

ただ、その薬の効果を切らすために行ったこと、そのせいで上半身起き上がった瞬間に股間がズキズキと痛んだ。自分ではよくわからなかったが、かなり泣き叫んだのか声も少しかすれているし、目尻も涙焼けしてカピカピだ。

――自分じゃないみたいに乱れた気がする。恥ずかしい……穴があったら入りたい……

そんなことを考えていると、ジュリアンが部屋に入ってきた。白いシャツにトラウザーズというラフな姿で、まるで初めて出会ったときを彷彿とさせるスタイルだった。

「おはようロミ、その、身体は大丈夫か？」

「痛い……物凄く股が痛い。今、馬に乗ったら死にそう」

「ご、ごめんな」

「いや、私もおかしかったし……」

「薬は抜けたか？」

「多分。頭はスッキリしているから」

そう言ったとたんに、いつぞやのようにロミの腹がぐーと爆音を立てて鳴る。

「うん、相変わらずお前の腹は素直でよろしい。まずは飯だな」

ジュリアンがサイドテーブルのベルを鳴らすと、待ち構えていたかのように食事の乗ったワゴンを押したメイドたちが入ってきた。

ベッドの上でしっかり食事をした後、ふと思い出した。彼は今日仕事ではないのだろうか？

ロミは今日まで休養となっているけれど、ジュリアンはナサニエル帝の護衛任務があるのではないか？

「ジュ、ジュリアン、君、仕事は？」

「ん？　今日はさすがに休みを取った。ロミを放置できないしな」

「なんか、ごめん」

「いや、ここ数日連勤だったから、むしろ休めて嬉しいんだ」

それならいいのだが、でも昨日あんなことがあって、騎士団は蜂の巣を突いたような状態だろうのに、銀の騎士団長が休んでいて大丈夫なのかと思い、ロミはジュリアンに聞いてみた。

「その件な、逐一魔道具で報告が来ている。第一皇子殿下は、皇位継承権を剥奪のうえ、離宮へ蟄居《ちっきょ》させられることになったそうだ」

「……そうか……」

そこは宮殿の一部とはいえ鉄格子のはめられた窓の建物で、厳しい監視付きの、いわば豪勢な牢獄である。

おまけに女性関係でトラブルを起こしたマクシミリアン第一皇子は、その種が皇家のあずかり知らぬところでばら撒かれないためにも、魔道具で生殖機能を停止させられるのだそうだ。普通の罪人ならいざ知らず、皇族であったために仕方のない処置であった。問題を起こした第一皇子のような者でも良いという、それなりに身分の高い女性が現れるまでは、ずっとこの状態なのだという。

第一皇子は、乗馬会で事件を起こしたあの薬師家系の令嬢の罪を軽くしてやると言って彼女の家族を唆《そそのか》して、今回の逃避行をに助力させたのだそうだ。

逃避行とはいえ、皇子宮の豪華な馬車を使用したので、果たして本当に逃げたかったのか定かではない。もしかしたら父ナサニエル帝に探してもらいたかったのではないかと、今なら思う。

昨日の夜にロミに薬物を嗅がせて眠らせたのは、その令嬢の父親だったそうだ。父親にあの強力な媚薬を作らせてロミに飲ませたと、騎士団とナサニエル帝の前で全て自白した。

さらに、皇子宮の侍女をやっていたその薬師の令嬢は、皇子と交際していた際に皇子に麻薬のような物を「落ち込んだ気分が良くなります」と言って渡していたそうである。

ロミが信じられない思いを抱いたあの皇子の豹変っぷりも、その麻薬の影響だったのではないだろうか。

しかし、そのような薬物に手を出すほど、彼が追い詰められたのは、自分の責任だとナサニエル帝は嘆いた。もう少し自分が息子に気を配ってやっていればと嘆いたナサニエル帝は、涙ながらに第一皇子の離宮への蟄居を命じたという。

「あとは、友好国のローゼンブルグには慰謝料が支払われるそうだ。内訳はお前宛てがメインみたいだぞ」

「そこまでもう決まったんだね。っていうか、そんなのいらないのに……」

金は天下の回りものというが、一応ロミは貴族だし薔薇騎士として稼ぎもあるので、金には特に困っていない。

というか、むしろ今回の嫌なことを思い出す金なんてない方がいいような気がする。

「もらっとけ。金に罪はないぜ」

「そうだけども……」

「大体金貨に殿下の名前とか書いてあったら別だけどな」

「ぷっ……何を言い出すんだか。でもそれはちょっと嫌だな。あの人のことは思い出したくもないよ」

「だろうな。あんな嫌な目に遭ったのに、冷静に嫌悪感を表せるなら大丈夫そうだな」

「……」

「ロミ?」

ロミは、最後のジュリアンの冗談でマクシミリアンの話題が出た瞬間に何だか胸元がムカムカする感じを覚えた。

口元を押さえて青い顔をしたロミは、ふらつく足をなんとか動かしてバスルームへ駆け込むと、先ほど食べたばかりの朝食を全部吐いてしまった。

胃が空っぽになるまでゲーゲーと吐くと、トイレの便座に突っ伏して脱力した。慌てたジュリアンが大声で執事を呼び、医者を呼ばせる。

トイレで動けなくなっておきながら、吐き気くらいどうってことないのになあ、などと考えていたロミ。

飛んできてくれた昨日の女医に診察と尿検査等をしてもらった。

「あらあ、おめでとうございます。御懐妊です。推定五、六週目？」

「は？」

「は？」

「え？」

「え？　って何ですか」

検査結果を疑うのかと口を尖らせる女医を前に、信じられない顔でロミとジュリアンは顔を見合わせた。

「というか、あれだけのことがあったのに母子ともにご無事でようございました。でもこれからはなるべく安静に、ですよ」

――ごかいにん。ゴカイニン。……御懐妊？

「やった……やったぞ、でかしたロミ！　そして俺！」

「はあ？」

「はあ？　って何だよ。嬉しいんだよ！　俺の勝ちだ！」

「いや、ちょ」

ということは、逆算すると初めて会ったあの夜に既にできていたということだ。どうりでそろそろ来るはずの月のものが来ないはずである。

健康体すぎて医者に診てもらう機会があまりなかったのと、自分の身体の変化は自分が一番良く知ってると思い込み、「百発百中」というジュリアンの言い分を信じず、頑なに医師のところへは行かなかった。実際に具合が悪くなってから気付く典型的なダメパターンだと女医に注意されてしまった。

一応、妊娠に気付かずに性行為をしていた場合の影響はあるのかと恥を忍んで聞いてみたが、今のところロミの身体に特に問題は見られないそうだ。

ただ、あまり激しいことをすると流産の可能性があるため、これからは安定期まで少し控えろと釘をさされて、ロミとジュリアンは苦笑した。

かくして賭けに勝利したのは、イーグルトン帝国の言い伝え通り「百発百中の男」、ジュリアン・オーウェン伯爵、その人であった。

ローゼンブルグのロミ・リフキンドの心を得たジュリアン・オーウェン卿は子を得て幸せになった。無理に奪おうと彼女を傷つけたマクシミリアン・ドズル・イーグルトン皇子は失脚した。

ローゼンブルグの女性を得ると女神の恩恵が与えられ、無理に奪おうとしたら女神の天罰が下るという伝説は本当だったと、後の人々は語るのだった。

＊＊＊

それからの展開は早かった。

ロミはジュリアンの子を懐妊したことで、薔薇騎士隊を退役し、結局イーグルトン帝国のオーウェン伯爵家に嫁ぐことになった。

女王ハリエットと共に一度はローゼンブルグに帰国したロミだったが、結婚式は早いほうが良いと、母ノエミと女王ハリエットに促される。

腹が目立たないうちにと、超スピードで手続きをして正式に薔薇騎士隊を辞し、副隊長に隊長の座を引き継いで、騎士団を勇退した。

あれほど薔薇騎士であることにこだわりを持っていたロミだったが、いざ懐妊してジュリアンに嫁ぐとなると、騎士である自分よりも女である自分が前面に出て来るようになっていた。

ただ、騎士の心だけはずっと持ち続けようと誓って、薔薇騎士であった自分を落ち着かせることができたのである。

守る喜びより、守られる喜びを得たことも大きかった。

強くあれと心に誓い、少し慢心していたところで自分の弱さを知った。そしてそんなロミを大きく一途な気持ちで守ってくれたジュリアンがいた。

イーグルトン滞在の二週間はロミにとってまさに人生の岐路といえる怒涛の日々だった。

そのひと月後にはイーグルトンにとんぼ返りをして、ノエミの完璧なコーディネートによる結婚式を挙げることとなったのである。とんでもない強行スケジュールだ。

赤みがかった母譲りの髪を複雑に結い上げ、胸で切り替えたエンパイアラインのウエディングドレスを身に纏《まと》ったロミに、母ノエミが滂沱《ぼうだ》の涙を流しながら式に参加してくれ、ヴァージンロードをエスコートしてくれた。

「綺麗よ、ロミちゃん。母様感激。ロミちゃんは私のお腹に男運を忘れてきた子だと思っていたから、あんな素敵な旦那様を得ることができるなんて、夢にも思わなかったわ」

――さらっと娘を貶《けな》しますね、母上。

まあ、二十一年間男の影も形もなかったことでやきもきさせたのは申し訳ないと思っている。

「しかし、母上。腹に子がいてヴァージンロードとはこれいかに」

「いいのよ、こういうのは雰囲気なのよ。っていうか貴方、そのお腹でジュリアン君と再会出来なかったらどうするつもりだったの？」

「普通に、一人で産んで、子育てもするつもりでしたが……」

「えー、古くさっ。それローゼンブルグのジジババ世代の考え方じゃない。母様びっくりです。ロミちゃんがそんな古風な考え方をする子だったなんて」

「そ、それはそうですけれども」

「薔薇騎士隊の子で、ロミちゃんと同じく、こっちにお嫁入りする子たちは、そもそも結婚願望のほうが強かったみたいよ。やっぱり時代は流れているのよ」

実は薔薇騎士隊の中でイーグルトンの男性に嫁ぐ女性騎士はロミだけではなかった。

イーグルトン滞在期間中、薔薇騎士隊はイーグルトンの騎士団と交流のための合同訓練することもあったのだが、その時に意気投合した薔薇騎士とイーグルトンの騎士が割といたのだ。

最終日の訓練場は、そんな別れを惜しむ薔薇騎士とイーグルトン騎士の告白大会みたいになっていたのを思い出す。

カップルが成立したのもあれば、告白して玉砕するのもあって、殺伐とした訓練場では恋の花が咲いたり散ったりしているようだった。

そんな中、訓練場の入り口でちょっとしたざわめきが起こった。何があったのかとそちらを見れば、真っ赤な薔薇の大きな花束を手にしたジュリアンが訓練場に入るのが見えた。

大輪の美しい薔薇もかすむほどの美貌を持つジュリアン、薔薇が似合いすぎて周囲からため息が零れた。

その日はまだ顔を見ていないと思ったら、そんな姿で現れるものだからロミも面食らった。

『オーウェン騎士団長！　お慕いしております！』

『私も初めて見た時からお慕いしております！』

『ロミ隊長とのことはお聞きしましたが、気持ちだけでも伝えておきたくて！』

『私も！』

『私もですわ！』

薔薇を抱えた美貌のジュリアン登場に面食らったが、彼はすぐに肉食女子たちに囲まれた。

『いらん』

——だから言い方！

思いを込めた彼女らの真っ直ぐな告白を一蹴する相変わらずのジュリアン節に、ロミは頭を抱えるしかない。でもジュリアンならそうするだろうと予想はしていたので、彼女らの告白には妬いたりしなかった。そういった安心感はあったのだ。

ジュリアンは訓練場をくるりと見回し、呆気に取られているロミを見つけると、眉間に皺を寄せて怒ったみたいにドスドスと歩いて来た。ちょっと怖い。

『ロミ！』

『はいっ』

怒ったような声色で呼ぶものだから、何か悪いことでもしでかしたのかと思って一瞬身構えたが、次の瞬間、目の前が薔薇で覆われて濃厚な薔薇の香りが充満した。

ジュリアンが大きな薔薇の花束をロミに差し出したのだ。思わず受け取りジュリアンを見ると、彼はおもむろにロミの前で跪《ひざまず》いた。それを見た周りの騎士たちの「おお〜！」という歓声が聞こえる。

——これは。もしかして。

『ロミ、お前を愛している！　結婚しよう！』

真っ赤な顔をして、眉間にしわを寄せつつ怒ったような顔で、捲《まく》し立てるようにプロポーズした。

『順番が逆になってしまったが、俺は出会ったときから変わらずロミを愛している！　気の利いた言葉を言えなくて申し訳ないと思ってる。どうか俺と結婚してほしい……ずっと一緒にいたい。もう離れたくないんだ』

飾り立てた言葉ではなく、ジュリアンらしい真っ直ぐな言葉。

『どうか……プロポーズを受ける、と……言ってほしい』

ロミはその言葉にいたく感動して目頭が熱くなった。改めてちゃんとしたプロポーズをされるとこんなに嬉しいものなのか。

——そんなこと、こちらからお願いしたいくらいだ。

さながら姫にかしずく騎士の如く跪《ひざまず》いて、真っ赤になりながらプロポーズするジュリアンが、ロミは大層愛おしくなった。

そう想ったら、ロミはジュリアンの腕を取り、立ち上がらせ、貰った薔薇の花束ごとジュリアンに抱きついていた。

それを見ていた騎士たちがさらに歓声や口笛を吹いてはやし立てるのも全く構わず、ジュリアンの形の良い唇を強引に奪う。

最初は驚いていたが、ロミが触れて離れるキスを繰り返すうちに、切ないような表情をしながら目を閉じて、ロミのキスを受け入れていった。

ギャラリーのように二人を見守る銀の騎士団と薔薇騎士隊の一同から、悲鳴や歓声、熱いため息が聞こえるが、そこはもうお構いなし。二人の世界の妨げには全くならなかった。

ひとしきり彼の唇に触れたのち、ふっと離して満面の笑みを浮かべたロミ。彼の頬をさらりと撫でながら、熱に浮かされたような表情をして囁いた。

『幸せにするよ、ジュリアン』

『おま……それは男のセリフだろ』

どっちがプロポーズをしたのか分からないような男前発言をするロミに、苦笑するのが素のジュリアンらしくて、本当に本当に愛おしかった。

『あはは、じゃあ一緒に幸せになろうね』

『ああ、そうだな。俺たちはそれがいい。どちらかが一方的に幸せにするというわけではなく』

こうして、紆余曲折を経た二人の、大輪の薔薇のプロポーズは実を結んだ。憂いのなくなった二人はお互いを愛おしげに見つめて笑い合った。

そんなことも今や大切な思い出だ。

「あらやだ、ロミちゃんったら思い出し笑い？」

「すみません。そういえばイーグルトン滞在の最終日が騎士たちの告白大会になってて、そのときに成立したカップルが来年結婚するって言ってましたね」

「でしょー？　どうせなら一人より二人のほうがきっと楽しいもの。まあ、たまには一人もいいけれどね」

ノエミは亡き夫チャールズとの結婚生活は短かったが楽しかったと今でものんびり語る。父が早世したあとも悲しみを自分の中でちゃんと昇華させて、前向きに生きるノエミでもこう言うのだから、きっとそうなのだろう。

「はあ～それにしても女性をエスコートするなんて引退前にハリーを公式の場でエスコートして以来だわ。何だかワクワクするわね」

ハリーというのはこのたびローゼンブルグ女王より退位したハリエット・マレリオナ聖女の愛称である。

彼女はロミが薔薇騎士隊を退役したひと月後のつい先日に長年務めていたローゼンブルグ女王の位を返上して、コルドゥーラ神殿に戻り聖女として働いている。このたび新しく指名された新女王、メリナ・ベイ・ローゼンブルグ一世はまだ十代前半のため、その教育係も兼任している。

彼女は女王時代から母ノエミと大親友であり、今でも、というより退位後は現役時代より頻繁にノエミと交流している。

クールなハリエット聖女と底抜けに明るいノエミは、性格は正反対だがお互いを補うように非常に仲が良い。

うっかりするとこの二人はできているのでは？　などと勘繰られるくらいであった。

そんなハリエット聖女もこの結婚式に招待したらぜひにと喜んで参列してくれた。先ほど控室にノエミと一緒に挨拶に来てくれたのだ。

『怒涛の数日間でしたが、貴女にとっては人生で重要な出来事が詰まった数日間だったのでしょう。恥じることはありません。今を誇りなさい。オーウェン卿とお幸せにね』

『ありがとうございます。女王陛下……あ、いえ、ハリエット聖女様』

『ふふ。女王時代に貴女という薔薇騎士と過ごせた日々を誇りに思います』

『こちらこそです！』

女王時代より幾分か表情が柔らかくなったハリエットは、壮年でも絶世の美貌はそのままに、だが氷の女王と呼ばれた冷徹なイメージはかなり角が取れたように見えた。

イーグルトン帝都アルタイルにある小さな教会、その礼拝堂の入り口に立ち、扉が開かれ、人々が一斉にこちらを見た。

新婦側の親族席にいる薔薇騎士隊時代の同僚数名は、なんとか休みを作って来てくれた。その横にハリエット聖女もいる。ロミが生まれた時からリフキンド家に仕えてくれた使用人たちも数名、ノエミについて来てくれた。

新郎側の親族席には銀の騎士団の同僚たち、オーウェン伯爵邸の使用人数名、それになんとナサニエル帝がお忍びで来てくれていた。

ナサニエル帝はあの式典の時より何だか白髪が増えたような気がする。無理もない。彼もまた色々あり過ぎた。それでもこの結婚式を祝うために過密スケジュールを縫って来てくれたので、ありがたくて涙が出そうだった。

親しい者だけの小さな結婚式だが、そこには温かさがあった。

拍手の中、ロミは母に引かれてヴァージンロードを進み、祭壇の手前でこちらを見て佇む儀礼用の銀の甲冑姿のジュリアンを見て、何だか頬が熱くなってしまった。

——ま、まぶしい。後光が見えるよ、ジュリアン！

非常に見目麗しい新郎ジュリアンは、騎士の国イーグルトン帝国の伝統らしいピカピカに磨かれた儀礼用の銀の甲冑に青いマントを纏《まと》い、髪を後ろに撫でつけたイーグルトン騎士の正装をしていて、いつも以上に美しかった。

ノエミからジュリアンにエスコートを交代する。

「娘をよろしくね、ジュリアン君」

「もちろんです、義母《はは》上」

ノエミとジュリアンはがっちりと握手をして、ハイタッチ、グータッチをして、ノエミは親族席に下がって行った。姑と夫というよりすっかり仲間である。

ようやくこちらを見てくれたジュリアンに、ロミは率直な意見を言った。

「とっても綺麗だよ、ジュリアン！」

「それは俺のセリフだ！　とても綺麗だ、ロミって言おうとしていた俺の気持ちを考えろ」

「えへへ。つい。でも嬉しいよ、ジュリアン」

素直に言っただけなのに突っ込まれてしまって、会場の笑いを誘った。

コホン、と一度咳払いをした司祭による結婚の説法が始まる。眠くなりそうな説法のあと、祭壇前で結婚の宣誓をする。

「新郎ジュリアン・オーウェン、汝は新婦ロミを妻とし、いついかなる時もこれを支え、慈しみ、死が二人を分かつまで愛と貞節を守り抜くことを、契約のもとに誓いますか？」

「誓います」

「新婦ロミ・リフキンド、汝は新郎ジュリアンを夫とし、いついかなる時もこれを支え、慈しみ、死が二人を分かつまで愛と貞節を守り抜くことを、契約のもとに誓いますか？」

「はい！　誓います！」

力いっぱい答えてしまったので、招待客から「元気な奥さんだ」との苦笑が聞こえてきた。

——いいじゃないか、嬉しいんだから。そう、私はジュリアン・オーウェン伯爵の「元気な奥さん」になるのだから。

司祭による説法とパイプオルガンの音色の中、ローゼンブルグの地母神と、イーグルトンの戦神の御前にて永遠の愛を誓う。

お互いをいついかなる時も愛し、生涯共に歩むと女神と戦神に宣言し、婚姻届にサイン、指輪の交換後、誓いのキスをする。

ベールを上げて二人の視線が絡み合う。彼の瑠璃色の瞳は潤んでいて、つられてこっちまで目が潤んでしまう。

「幸せになろう、ジュリアン」

「だからそれは俺のセリフなんだって……はは」

「ふふふ」

くすっと笑い合ってから、ふわりと羽で触れたみたいな口づけをして、またふわりと離れた瞬間、皆の脳内にシャンシャンと鈴の音が響いた。それは婚姻が神々の加護の元で成就されたことを表す神の御業だった。

――ジュリアン、私はもう幸せだよ。

――ロミ、もっと幸せになろう。

こうして、ついにロミ・リフキンドは隣国の銀の騎士団長ジュリアン・オーウェン伯爵に嫁ぎ、名をロミ・リフキンド・オーウェンと改めたのであった。

エピローグ

オーウェン邸の脇にある高台の広場で、キン、キンと剣を打ちあう音が響いていた。

「上、下、上、下、ひねって、下から踏み込む！　そう！　もう一回」

「はい！」

「最後の一撃は気持ち大きめに踏み込め」

「こうですか？」

「それだ。いいぞ、ニコラ！」

飲み込みの早い生徒に、見事な金髪と晴れた夜空のような瞳を持つ美貌の男は満足そうに微笑んだ。ジュリアン・オーウェン伯爵、イーグルトン騎士団所属『銀の騎士団』の騎士団長を務める今年で三十六歳になる男性だ。

彼は今、教え子に剣術の訓練をしている最中であった。

教え子は、これまた見事な金髪をまるで男の子のように短く切り揃え、瑠璃色の大きな瞳を持つ、絶世の美少女だ。

何もかもジュリアンのミニチュアのようなその少女は、名をニコレッタ・オーウェンといい、ジュリアンの娘であった。

ジュリアンにそっくりだと周りは言うが、目元など細かいパーツは愛する妻によく似ているとジュリアンは思っている。

十一年前に結婚した妻ロミ・リフキンド・オーウェンとの間に生まれた、ジュリアンが目に入れても痛くない、掌中《しょうちゅう》の珠《たま》として慈しみ育てている愛娘だ。

結婚後、妻ロミはイーグルトンでオーウェン伯爵夫人として夫のジュリアンを支えながら穏やかに妊娠期間を経て、無事に女の子を出産した。それがニコレッタである。

妻が産気付いたことを知ったのは勤務中だった。

昼間だったため任務を抜けられないと思っていても、そわそわと落ち着かない様子のジュリアンを見て、ナサニエル帝が苦笑しながら「今日はもういいから帰ってやりなさい」と言ってくれた。

皇帝曰く、妻の妊娠・出産時の放置された恨みは一生ものなのだそうで、渋るジュリアンを追い払うように退勤させてくれた。

あとで聞いた話では、ナサニエル帝もまた、今は亡き皇后の第一皇子出産時に公務にかかりっきりになっていたら、侍女長に同じことを言われ、慌てて皇后のところへ向かったらしい。

その第一皇子マクシミリアンは、あれから軟禁状態にされていたが、今ではすっかり憑《つ》き物が落ちたようになり、聖書等を読み耽《ふけ》って神学を学んでいるという。

反発的な態度などもこの十年余りで落ち着いて、たまに面会に来る父ナサニエル帝や第二皇子、第三皇子たち家族ともちゃんと話し合えるほどになったのだそうだ。

　最近、ローゼンブルグの新女王メリナ・ベイ・ローゼンブルグ一世が二十三歳の誕生日を迎えて以来、なぜだかこのマクシミリアン第一皇子宛てに求婚状が届いたそうである。どうやら密かにマクシミリアン第一王子の若い頃の肖像画を手に入れ、彼に一目惚れをしてしまったそうだ。

　マクシミリアン第一皇子は頭を抱えながら弁解の手紙を送った。

『その肖像画は自分の若い頃のもので、今では容貌もすっかり変わっております。僕は女王陛下より十一歳も年上ですし、過去にローゼンブルグの女性に対して大変な問題を起こしたので、女王陛下のご寵愛を受けるにふさわしくありません。まずそちらの女神様が許さないでしょう』

　だが、やや破天荒君な性格であるメリナ女王はそんなことは関係ないと一蹴した。

『私は年上の男性が好みですので問題ありません。そして聞いたところによると、マクシミリアン様がお心を寄せた方、オーウェン伯爵夫人は、健康的で活発で、性格も明るく美しい方でしたとか。でしたら私もその条件に当てはまっております。私はマクシミリアン様お好みの、健康的で活発で明るく美しい女性でございます！　貴方様はこの十一年でもう充分に償われた。女神様は私たちを祝福してくださっております』

　と、めげずに何度もプロポーズをしてきて、当の第一王子も言いくるめられる形となり、彼は来月あたり見合いのためにローゼンブルグへ向かうことになったそうである。そうなると魔道具で十年余り止められていた生殖機能も復活させてもらえるそうなのだが、彼としてはかなり複雑だろう。

——行ったら最後、放してもらえず、既成事実を作られてそのまま結婚させられるかもしれないな、殿下は。

沈着冷静で時に冷徹でもあった前女王ハリエットとは何もかも対照的な、肉食系で何事にも全力投球で情熱的な現女王メリナ。

ローゼンブルグは氷の女王から炎の女王へ代替わりしたと人々は噂している。

ジュリアンは第一皇子にはあれから一度も会っていない。第一皇子の劣等感が原因とはいえ、彼を病ませた原因を作ったようなものである自分が彼を刺激するわけにはいかないと思ったからだ。

それはさておき、十一年前、ナサニエル帝の計らいで早退したジュリアンは、帰って来て早々に邸中に響く唸り声に驚いた。

「何だ、この獣の雄叫びは」

「何てことを仰いますか。獣じゃありません。奥様です、伯爵様」

「えっ？」

「えっ？」

「は？」

「は？　って何です。出産はそういうものです」

それほど大変な思いをして産むのだから「獣の雄叫び」などとは言うなと執事長に窘《たしな》められた。

のちに妻ロミが語ったけれど、士官学校時代に教官に扱かれたときや、ローゼンブルグの山野での行軍で魔獣討伐の時ですら経験したことのない激痛で、全身がばらばらになりそうな産みの苦しみに、死ぬかもしれないと覚悟までしたとのことだ。

こういう時に男というものは何もできず、熊のようにうろつくことしかできないのだなと、悶々と過ごした数時間。

けたたましい産声がして、部屋を出てきた侍女が、晴れやかな顔でジュリアンに伝えた。

「伯爵様、元気な女の子でございます！」

「ロミは？」

「奥様もご無事ですよ。少し時間はかかりましたが、比較的安産でございましたとお医者様が」

侍女の報告にソファーから立ち上がっていたジュリアンは、糸の切れたマリオネットのようにソファーにくずおれた。

ひと息吐いてからロミの部屋に行くと、出産を終えてやや茫然としていたロミが、ジュリアンの姿を見てサムズアップをして見せた。

「……私はやり遂げたぞ、ジュリアン」

「ああ、本当によく頑張ったな、ロミ……ありがとう。何か欲しい物はあるか？　何でも用意してやるからな」

「えーと……」

「うん？」

「……睡眠時間」

「えっ？」

「……ぐう」

突然の寝落ちだったため、一瞬嫌なことを考えてロミの心臓の鼓動を確かめたが、トクトクと規則的な鼓動が聞こえたため、安堵でベッドに突っ伏した。

気張ってはいたがそうとうお疲れ気味だと医者に説明され、彼女が起きるのを待ってから、夫婦そろって愛娘との対面を果たした。

それが、ニコレッタ・オーウェン。愛称はニコラで、ジュリアンが数か月悩みに悩んで考えた、女の子用の名前だ。

金の髪と瑠璃色の瞳は父ジュリアンの物とそっくり同じで、顔立ちは少しロミに似ている。我が子を抱いた瞬間に、夫婦揃って感極まって号泣したのを覚えている。

「……可愛いね。ジュリアンの赤ちゃんの頃もこんな感じだったのかなあ」

「どうだろうな。俺がここまで可愛げがあったとは思えないけどな」

「あはは。そんなことないよ」

「……守っていこう。何があっても守り抜く」

「そうだね、二人でね」

「ああ」

眠るニコラを抱きしめながら、ロミとジュリアンは泣き腫らした顔で幸せをかみしめた。

そんな幸せな日から早十年。娘ニコレッタは騎士を目指して現在、現役の銀の騎士団長である父の英才教育を受けている最中だ。

両親共に騎士だったこともあり、七歳で初めて木剣を握ってその才能が開花したため、普通の貴族の子女が行うより早めに剣術訓練を始めたのだ。

十歳になったニコレッタは、将来は母のようなローゼンブルグの薔薇騎士になりたいと言っている。その訓練のために、近々ローゼンブルグのリフキンド家に修業に行く予定だ。

母の現役時代の活躍は見たことはないが、色々と脚色された武勇伝は父ジュリアンや祖母ノエミ、祖母の友人ハリエットから聞かされていたので、そんな母のようになりたいと言い、日々こうして修業に明け暮れている。

ジュリアンは、娘が騎士になることに難色を示していたが、十歳にしてはしっかりと自分の将来を考えている娘に説得され、それならばと自ら剣の師匠となって彼女を教える毎日だ。

彼女は将来母の実家ローゼンブルグのリフキンド侯爵家の跡取りとなるのが決まっているため、祖母ノエミ、母ロミ、娘ニコレッタの三代で薔薇騎士となる道を目指すのも悪くない。

「よし、一旦休憩しよう。よく集中できているな、ニコラ」

「自分としてはまあまあ、ですかね」

十歳にしては大人びた物言いにジュリアンは苦笑してしまう。

「それにしても、今日はお休みだからと、わざわざ私の座学の授業を中止させて今日は一日剣術の稽古をしようだなんて、一体どういう風の吹き回しですか、父様？」

「ん？　たまにはいいじゃないか」

「もしかして、寂しいのですか？　母様がいらっしゃらないから」

「んー、まあそうだな。ロミがいないからお前の顔を見てる」

「私を、母様を投影する道具みたいに仰らないでください。私は私です」

「しょうがないだろ、お前は髪と瞳は俺譲りだが、顔立ちは成長するごとにロミに似てきたしな」

「そうでしょうか？　自分では分からないのですが、でも嬉しいです。母様は憧れですから」

自分の頬を両手で押さえて、若干嬉しそうな顔をするニコレッタ。少し負けず嫌いなところもあるが、素直で真面目なところも妻のロミにそっくりだ。

そう思うと嬉しい反面、何だか物寂しさを感じてしまう。

そんな寂しげな父を見て、はあ、とため息を吐いたニコレッタが立ち上がる。

「もう、母様がいないのが寂しいの分かりますけど、そろそろ立ち直ってくださいよ」

「……いや、確かにそうなんだが」

「しっかりなさってください。母様は……」

ニコレッタがジュリアンを諭しかけたとき、こちらにゆっくりと歩いてくる二つの人影があった。

「おーい、ジュリアン！　ニコラ！」

その声に、二人でそちらを見ると、赤みがかった長い髪を高く結い、春の緑の瞳を持った女性と、その傍らに同じく赤みがかった髪と瑠璃色の瞳をした幼い少年が、手を繋いでこちらにやってくるのが見えた。

「母様は一旦里帰りをしていただけなのに、父様ときたら……」

「ロミ！　ティム！」

ニコレッタの説教も聞き流し、ジュリアンは坂を上って来る二人の方へ駆け出した。

坂の途中で二人のところに辿り着き、少年を抱き上げて二人まとめて抱きしめる。妻のロミは、ローゼンブルグの実家に里帰りをしていた。そのためしばらく家を空けていたのだが、ジュリアンは今でも溺愛する妻の不在に、娘のニコレッタが呆れるほど憔悴していたらしい。

「お帰り、ロミ」

「ただいまジュリアン。ニコラとティムも変わりないみたいで良かった」

ジュリアンがもう片方の腕で抱き上げているのは、ロミとの間にできた第二子のティモシー。今年二歳になるジュリアンの長男で、将来オーウェン伯爵家の跡取りとなる予定である。

ロミは二人の子をジュリアンに任せて単身ローゼンブルグに里帰りをしていたのだが、その理由は、三人目の子を妊娠したロミが、ローゼンブルグのコルドゥーラ神殿に女神の祝福を授かりに行っていたからだ。

「無事に祝福をいただいて参りました！　これで出産までひとまず安心だね」

「そうだな。義母上《はは》はお変わりなかったか？」

「相変わらず薔薇騎士隊の顧問とかやってるみたい。陰で鬼教官って言われているらしいよ」

「義母上《はは》らしいな」

「ジュリアンとニコラとティムによろしくって」

「ああ」

そのままロミにお帰りのキスを落とした。そうしていると、ジュリアンの後ろからニコレッタが草を踏みしめて歩いてきた。

「お帰りなさい、母様」

「ただいまニコラ！　いい子にしてた？」

「私はいつでもいい子です！　それよりもうちの男性陣が母様一人いないだけでひどいことになっていたんですよ」

「えっ、そうなの？」

「そうですよ。父様は魂が抜けたみたいだし、ティムは母様っ子だから泣いて泣いてすごかったんですから。使用人たちが言ってましたよ、早く奥様お帰りにならないかなって」

そんな二人の男に、使用人同様振り回されたニコレッタは、疲れたようなため息を吐いた。ティモシーは相変わらず姉と使用人の苦労も知らないで「ぱぱ、まま、いた」と喋っているが、ジュリアンはニコラに指摘されたことが図星過ぎて視線を逸らしていた。

「あーそうだったのかニコラ！　父様とティムのお守りお疲れ様だったね。お土産をいっぱい買ってきたからね。あ、そうだ。お祖母様がね、ニコラに似合う剣をプレゼントしてくれたんだ」

「まあ、お祖母様が？　早く見たいです」

不満そうな疲れたような顔をしていたニコレッタが、ロミの話を聞いて満面の笑顔を見せた。父譲りの美貌がますますキラキラと輝く。

――まぶしい！　さっすがジュリアンの娘！　うちの子がまぶしい！

「じゃあそろそろお茶の時間だからみんなで頂きながらロミのお土産を見ようか」

「はい！　早く行きましょう、父様、母様、ティムも！」

嬉しそうに駆け出すニコレッタの姿を見て、ロミは大げさなため息を漏らす。

「……はあ」

「……何だよ」

「はあ～……私の娘はなんて美しいんだ。あんな子を本当に私が産んだのだろうか？　もしや、美の女神が産み落とした子が、我が家に降臨したのではないだろうか」

――親馬鹿と言われようが構うものか。我が娘は美しいし可愛い。何せ男神の化身みたいなジュリアンの娘なのだから。

ティムは、高台まで登ってきて疲れたのか、父ジュリアンの肩にもたれて指をくわえて眠ってしまっている。その寝姿はいつぞやのジュリアンそっくりでこれまた神々しい。

「こっちはまるで父と子の神を描いた一枚の宗教画のようだよ……」

「……」

「こんな神々しいものをたかが人間でしかない私などが見ては目が潰れるのではないだろうか？」

「そんなわけあるか」

ほわあ～っとしている芸術好きなロミに呆れつつも、この大げさな褒め方にも慣れてきたジュリアン。

ふとロミはジュリアンの腰に腕を回して抱きしめた。

来年の初夏あたりにはきっともう一人家族が増えて、幸せは倍以上になっているかもしれない。

「……どうしたロミ？」

「私も寂しかったよ、ジュリアン。向こうに滞在している時は、夜隣に君がいないのはちょっと辛かったな」

「んー、じゃあこれから一緒に昼寝でもするか？」

「ふふ、ダメだよ。これからニコラにお土産を渡しながらお茶の時間にするんでしょう？　それに、今の私たちなら昼寝では終われない気がするもの」

「ははは。違いないな。あまり負担をかけない程度ならしてもいいって主治医が言ってたもんな」

ティモシーが眠っているのをいいことにそんな悩ましい話をしてしまった。

「……じゃあ今夜、子供たちが寝静まったら、寝室で待ってるよ、ジュリアン」

「ああ……楽しみだ」

二人で笑い合うとどちらからともなく口づけた。ふわりと羽が触れたみたいなキス。それを何度も繰り返す。

あの日、偶然出会っていなかったら。

あの日、再会していなかったら。

国がそもそも違う二人。広い世界で出会う確率がどれほどのものなのか想像もつかないが、たられぱの話よりも今の幸せを噛みしめていたかった。

繋いだ手を、離したくない。抱きしめた腕を、解《ほど》きたくない。

愛してると言う言葉をずっと囁いていたい。

ローゼンブルグの女神とイーグルトンの戦神が繋いだ愛がここに根付き、育ち、花開き、その花びらを風に乗せて広がっていく——

濃蜜ラブファンタジー

ノーチェブックス

Noche BOOKS

身も心も
甘く蕩かされて……!?

婚約破棄されてメイドになったらイジワル公爵様の溺愛が止まりません

Rila
イラスト：KRN

婚約破棄された挙げ句、家を追い出されてしまった伯爵令嬢のラウラ。自立して生きていくために見つけた仕事はいわくつきの公爵家のメイドだった。雇い主であるアルフォンス公爵は冷徹で気難しいと評判のため不安になるラウラ。しかし、アルフォンスはラウラと顔を合わせた途端、甘く囁きあの手この手で口説いてきて……!?

詳しくは公式サイトにてご確認ください
https://noche.alphapolis.co.jp/
携帯サイトはこちらから!▶

この作品に対する皆様のご意見・ご感想をお待ちしております。

おハガキ・お手紙は以下の宛先にお送りください。

【宛先】

〒150-6008 東京都渋谷区恵比寿 4-20-3 恵比寿ｶﾞｰﾃﾞﾝﾌﾟﾚｲｽﾀﾜｰ 8F
(株) アルファポリス　書籍感想係

メールフォームでのご意見・ご感想は右のＱＲコードから、
あるいは以下のワードで検索をかけてください。

アルファポリス　書籍の感想　検索

ご感想はこちらから

本書は、「アルファポリス」(https://www.alphapolis.co.jp/) に掲載されていたものを、
改題、改稿、加筆のうえ、書籍化したものです。

一夜《いちや》の戯《たわむ》れと思《おも》っていたら、隣国《りんごく》の騎士団長《きしだんちょう》に甘《あま》く孕《はら》まされました

樹 史桜 (いつき ふみお)

2023年 10月 31日初版発行

編集－木村 文・森 順子
編集長－倉持真理
発行者－梶本雄介
発行所－株式会社アルファポリス
〒150-6008 東京都渋谷区恵比寿4-20-3 恵比寿ｶﾞｰﾃﾞﾝﾌﾟﾚｲｽﾀﾜｰ8F
TEL 03-6277-1601 (営業) 03-6277-1602 (編集)
URL https://www.alphapolis.co.jp/
発売元－株式会社星雲社 (共同出版社・流通責任出版社)
〒112-0005 東京都文京区水道1-3-30
TEL 03-3868-3275
装丁イラスト－石田惠美
装丁デザイン－AFTERGLOW
(レーベルフォーマットデザイン―團 夢見 (imagejack))
印刷－中央精版印刷株式会社

価格はカバーに表示されてあります。

落丁乱丁の場合はアルファポリスまでご連絡ください。

送料は小社負担でお取り替えします。


ISBN978-4-434-32798-8 C0093